Twilight，是白日與夜晚的交界，光明與黑暗的分際。

薄暮與黎明的微光，照耀著兩個世界同在的灰色地帶。
既是現實與理性，又是夢境與幻想；
既爲暗夜的苦難帶來熾亮的希望，又爲堅定的信念灌注恐懼的陰霾。
希望與恐懼，我們正懷抱這兩項性質極端的稟賦，
展開只有一次、無法回頭的巨大冒險
——人生。
還好，我們有說故事的人，忠實而創意盎然地傳述了
在此矛盾國度中滋生的形形色色寓言與傳奇、怪談與軼事、悲與喜。

讓TwiLight爲我們一一揭開這種種故事的序幕吧。

繆思，2005年10月

娑婆氣系列 第一部

作者 畠中恵（はたけなか めぐみ）
插畫 柴田尤（柴田ゆう）
譯者 葉凱翎

娑婆氣

しゃばけ

TWILIGHT
002

繆思出版

TwiLight 002

娑婆氣

作　　者　畠中 恵（はたけなか めぐみ）
插　　畫　柴田 尤（柴田 ゆう）

譯　　者　葉凱翎
總 編 輯　徐慶雯
文字校訂　楊哲群　羅若嵐　徐慶雯
封面設計　笠莊工坊
內文排版　綠貝殼資訊有限公司 yuying
行銷企畫　江芝敏

社　　長　郭重興
發行人兼出版總監　曾大福
編輯出版　繆思出版有限公司
E-mail: muses@sinobooks.com.tw
發　　行　遠足文化事業有限公司
23141台北縣新店市中正路506號4樓
客服專線：0800-221029 傳真：(02)8667-1065
郵撥帳號：19504465 戶名：遠足文化事業有限公司
E-mail: service@sinobooks.com.tw
http://www.sinobooks.com.tw
法律顧問　華洋國際專利商標事務所　蘇文生律師
印　　製　成陽印刷股份有限公司
初版一刷　2006年8月
定　　價　260元

國家圖書館出版品預行編目資料

娑婆氣 / 畠中恵著 ; 葉凱翎譯. -- 初版. -- 臺北縣新店市 : 繆思出版 : 遠足文化發行, 2006[民95]
面； 公分. -- (Twilight ; 2)
譯自 :しゃばけ
ISBN 986-7399-49-8(平裝)

861.57　　95011848

目錄

娑婆氣：受俗世間名譽、利益得失等各種欲望所控制的心。

——國語大辭典「言泉」（小學館）

娑婆：梵語，意爲能忍、堪忍、雜膾，謂在這個世界的衆生要忍受各種苦和煩惱；亦指釋迦牟尼佛所教化的世界。

第一章 暗夜

一、

厚厚的雲層遮住月亮後，江戶的夜色變得深沉。

看不著前也摸不著後的黝口，若是傻楞楞地踏入，彷彿就會直直掉下去似的，讓人爲之背涼。在那片漆黑裡，一盞提燈的光芒孤伶伶地出現，微微撥開黑夜，向前行去。

方才雲層分開之時，還能在月光中看到街上的屋舍，以及被微風吹拂搖擺的樹影。

但是，那青白色光一被遮住，黑暗反而更覺濃重。北面與中山道相連的路上，提燈人腳步急促地朝溝渠的方向走去。手邊微小的火光只能照到他的腳邊，讓人不安。應該在右手邊的湯島聖堂①白牆，還沒到盡頭。連著神社外壁的坡道上，不但沒有夜晚商店的燈光，連來往的人影也沒有。狗倒是有一隻，但又不能超越牠。只有那微微的甜香，訴說不遠之處有花朵綻放。

「太晚了。這樣仁吉他們就會知道我外出的事了……」

和嘆氣一同吐出的話音，在濃重的夜色中不知去向。和提燈一同前行的腳步聲，像是被黑暗逼趕般，顯得急忙而細碎。

這時，突然有人說話了：

「少當家，一個人嗎？」

①西元一六三二年、日本德川幕府時期，於上野忍岡的林家宅邸內建孔廟，奉祀孔子及孟子、曾子、顏回、子思。後於一六九一年擴建並移址本鄉湯島。一七九七年（寬政九年），設立幕府直屬的昌平阪學問所（通稱昌平黌），由大學頭及諸大儒家講釋經義、詩文、史學等，元祿年間以後，聖堂成為昌平黌學徒崇敬的中心。流傳至現今成為香火鼎盛的求學問聖地。

聲音柔軟而年輕，是女性的說話方式。被喚作少當家的少年，腳步像是被人綁縛般定住了。

「誰？」

五時②剛過，來自黑暗的問候。

在不知對方身分的情況下，平常人應該會十分提防，但少年不僅沒有，回話聲也不顯得驚怕。他將手上的提燈舉高到臉旁，朝聲音的來源照去。燈光照出對方白皙的瓜子臉，以及條紋和服的一部分，其他地方則看不見。

像是要看透黑暗似的，提燈緩緩上下移動。

「我是前面那條路旁的稻荷大人的侍僕……」

漆黑中再度響起話音，嬌媚的語氣微微和鈴聲重疊。聽到那微弱音色，少當家嘴角浮出微笑，身體也不再僵直。

「付喪神③！是鈴彥姬吧。」

不知是誰供奉到稻荷神社的鈴鐺所化身而成的妖物，在妖鬼眷族中以鈴彥姬相稱。器物經百年後幻化成的妖怪就是付喪神，比起世上尋常之物，較爲特異。

但是，這位少當家乃凡人之身，被這種特異之物給喚住，卻不驚訝也不害怕；還正確說出付喪神的名號，而且仍一副不在意的樣子，繼續晃著提燈，趕起夜路。

②日本古代的計時法，五時約等於現在的早上八時或晚上八時。

③泛稱經長年累月而逐漸老舊的物品，因精靈附著於上，或感應天地靈氣，變化而成的妖怪。無論何種物品，變成付喪神後，大多會有人類的眼耳口鼻，甚至可幻化為完整的人形。

在他腳邊的黑暗中，方才的青嫩嗓音也跟了過來。

「爲何今日不見犬神大人和白澤大人陪同呢？這種沒有月光的晚上，可是危險得很呢……」

「咦？妳知道他們兩個？」

少當家說，聲音中似乎帶著些許驚訝，也帶著些許興趣。

「這一帶的妖鬼大多知道。因爲他們兩位具有強大的能力，可不是我這種小妖比得上的。」

「今天沒有理由讓他們兩個跟來啊……對、對，因爲是稍微出來散步一下嘛。」

「在這樣的黑暗中？在這種時候？」

付喪神聲音壓低，顯然是缺乏「信任」兩字的回答。

「其實，是因爲奶娘身體不好，所以去探望她。哎呀，這理由也不好。奶娘明明就還活蹦亂跳，這麼說會惹大家生氣的。」

自個兒先笑著否定方才說的話，接著又說起別的理由。

「其實是因爲要去和遠方的哥哥見面啦，所以才會晚回來了。」

「可別胡扯瞎說。少當家不是獨生子嗎？」

「妳知道呀？眞是見多識廣。」

對這悠哉的回答，鈴彥姬的聲音稍稍尖銳了起來：

「看少當家這種曚混的態度，應該是瞞著那兩位大人，偷偷跑出來的吧？像這樣一時興起，要真碰到什麼危險，可怎麼是好？」

「妳是說像是碰到鎌鼬，被割得一身傷嗎？還是被邪魅給發現，讓我碰上鬼打牆，在夜裡團團轉呢？」

這次的回答明顯帶著笑意，鈴彥姬因此略再加強語氣：

「少當家，這可不是能笑得出來的事。畢竟妖鬼中也有惡質的分子。今天就讓我送您回店裡吧。」

「過了這坡道，沒多久就到昌平橋了。過了橋便是筋違橋御門④，那一帶的街道就熱鬧多了。不是有賣蕎麥麵或麥茶的消夜店嗎？不用擔心。」

「雖然您這麼說，我也不會離開的。要是在這裡放少當家一個人走，之後我怎麼跟犬神大人和白澤大人交代？其實，最危險的還是……」

話說到一半，鈴彥姬的聲音便瞬間消散在夜裡。

異樣的沉默，讓少當家停下腳步。

「怎麼了？」

「……突然有血的腥味。」

④江戶城門之一，守衛外濠神田川，位於現今昌平橋與萬世橋之間。

「知道是從哪裡傳來嗎？」

「大概是前面……右手邊的小路一帶。」

聖堂外牆正前方籠罩在黑暗中，看不清小路在哪裡。拿提燈照了照，燈光仍不及，只見阻擋在前的黑夜之壁。

「少當家，快走吧。血腥味讓人很不舒服。」

「好吧……」

雖然在意，但必需在城門關閉的四時⑤前回到店裡。將提燈的燈光照向腳邊，再次急忙趕路，彷彿要將此事拋在腦後。

就在這時，突然覺得背後約二、三間⑥外有動靜。在意想不到，近得令人頸後寒毛直豎之處，有人說話了。

「有香味……好香、好香……」

少當家想也沒想就回頭，在提燈燈光前有個身影，看得出是男性。比這更容易分辨的，是那男人手上，有個東西正反射讓人毛骨悚然的光芒。

長度算短。不是長刀……

一眼就判斷出不是長刀。但卻絲毫沒辦法心安，因爲這次不用鈴彥姬說，少當家的鼻子也聞到血腥味了。

⑤日本古代的計時法，四時約等於現在的早上十時或晚上十時。

⑥日本古代的長度單位，一間約等於六尺，即現今的一·八一八公尺。

「交出來……交出來……」

是強盜！

恍然大悟的同時，雖慌忙拔腿就跑，卻對腳力完全沒有自信。更糟的是，在這樣的黑暗中，只靠一盞提燈的亮光，若因怕死而狂奔，一定會摔倒。草鞋絆到了石頭，身子一陣踉□。雖然對方看似沒持提燈，腳步聲毫無疑問正從後方追了上來。鈴彥姬發出哭聲：

「少當家，如果是那人，我恐怕無力保護您啊……」

「我知道，妳是鈴鐺嘛。不過他還在追呢，眞是纏人的傢伙。」

少當家一說話就喘了起來。想到只要一回頭，盜匪就在那兒，身體便發起抖來。

「是提燈。他是追著燈光而來的。」

聽聞此言，少當家便吹熄唯一的燈火，隨即走進方才亮光消失前已先瞥到的右側小路，將身子靠到路邊，蹲了下來。緊貼在身後的土牆傳來寒冷，在背上蔓延，讓他禁不住打了個冷顫。手上的燈光已滅，腳步聲也中止，又被伸手不見五指的黑暗包圍，追兵的腳步似乎也停下來了。可以感到盜匪好像正在附近摸索找尋。

少當家，就算待在這兒，沒多久那人可能就走過來了，逃跑的話，又會因爲腳步聲而洩漏位置。會被他抓到的！

說話小聲一點！

兩人連呼氣聲都儘量壓下來，拚命藏匿聲息。但是再這樣下去，就算付喪神不說，現在的狀況下也不可能逃得了。腳步聲漸漸靠近。血腥味和寒毛直豎的感觸，直逼而來。

氣數已盡了……

少當家轉頭看向鈴彥姬——雖說在一片漆黑之中，什麼也看不見。

鈴彥姬，妳曾說妳侍奉這一帶的稻荷大人吧，附近有稻荷神嗎？

是的。就在前面……

妖怪的耳朵靈光。運氣好的話，說不定可以呼喚他過來。

什麼？

苗頭不對的話，妳就先逃吧。妳是妖怪，應該辦得到吧。

雖然對他的話感到訝異，但也沒空細聽了。少當家彷彿想到什麼，突然從好不容易藏身的土牆一角大聲朝黑暗中喊：

「侍奉稻荷大人的侍僕啊，請聽我說。天火⑦快來，快來，快來！拜託你！」

少當家，爲什麼……

鈴彥姬恐懼得顫抖不已。原本還因尋不著他們而困惑的殺人兇手，腳步聲已朝二人

⑦日本傳統「百鬼夜行」中的妖怪，長相為被火焰包圍之怪鳥，類似印度神話中「迦樓羅」或「迦陵頻伽」的樣貌。

走來。嗚啊……鈴妖又發出細小的哀鳴。

那男人似乎已來到小路附近。已經離此不遠了。想必過沒多久，就會逼近到能感覺身邊有人的距離，然後就……

冷不防在對面的土牆上，飄著一團亮晃晃的光芒。是個白色光球。

光球在黑暗中十分眩目。約有大型提燈那麼大，緩緩上下飄動，自在飛翔。在那光亮中，看得見羽毛和腳。正中央浮現出犬般的容貌，看似聰敏的黑色眼珠靈活地轉動著，注意到眼前的人影。

少當家，您叫我嗎？

你能來眞是太感謝了……我正愁被盜匪給追殺呢。天火啊，可以幫忙用你的火光，把那人給引到別處去嗎？

喔，是朝這兒來的那人嗎？眞討厭，有血的腥味呢。

接著，天火從朝著光亮而靠近的男人前方快速橫過，低飛而去。在一片黑暗中，男人似乎上鉤了。

「別逃！逃不掉的！」

男人的腳步聲和叫聲一起離去，聲量很快變小，急速遠離。

「哎呀呀，好不容易終於脫險了。好可怕，好可怕。」

又頓了一下後，才呼了口氣，少當家的語氣還十分緊張。

「眞是討厭。經過的時間點太差了。還留有好濃的血腥味呢。那人底到做了什麼事？」

「我們的臉有沒有被看到？」

「這裡這麼暗，我想應該沒有吧。」

少當家站了起來，用力拍打和服下擺。蹲在土牆旁，或許把和服給弄髒了，但沒有燈光照明，連身上衣服的條紋都幾乎看不見。他看似煩惱地晃了晃手上的提燈。

「這個暫時沒法使用了吧，要是那傢伙回過頭來找，就麻煩嘍。」

「眞是的，比妖怪還可怕的就是人了。先前我想說的，就是這件事。」

鈴彥姬斬釘截鐵地說完後，輕輕拉住少當家的和服袖子。

「在這種黑暗中，不點上火，什麼也看不見，那少當家不就沒辦法走了？讓我來代替提燈，帶著少當家走吧。反正再走一段就到橋邊，到那裡再把燈給點上，這樣就行了。」

「也對，就拜託妳了。」

兩人相伴著，從剛才拐進來的小路走回到聖堂旁杳無人煙的坡道。就在即將走到寬廣路面時，雲層突然分開，夜晚又回復往昔應有的景象。心情緊綳的鈴彥姬，發出宛若遺憾的嘆息，和少當家似笑非笑的道謝聲疊在一起。

但在可以看清周圍景色後，回過頭來的兩人立刻啞然失聲。一股無法言喻的驚恐，和淡淡的月光一起籠罩住他們。

兩人視線前方，也就是剛剛才離開的那條小路深處，約在十數間外，長有三棵像是貼在土牆上的松樹。一個年約五十開外的男子，就倒在松樹根部之間，像是被硬塞進樹根間隙一樣。雙手靠在樹幹上，雙腿張開，好似在跑步。遠遠看來，就像在跳著舞。

但是，男子一動也不動。從被深深割開的脖子上流下來的血，在月光下將衣物染成暗紅。又濃又腥。這股異臭，感覺猶如方才還在追殺他倆的男人，手上那閃閃發亮之物正抵在自己脖子上。

少當家不禁掩住了口。

二、

「眞的不用叫人來嗎？」

月亮露臉後，夜路好走多了，腳步卻變得沉重。邊走邊忍不住道出疑慮。彷彿要斬斷他這種想法似的，鈴彥姬的聲音更顯堅決：

「那人已經死了。少當家不也確認過了嗎？」

「這我知道，但是……」

「那麼一來，明天早上就會有別人發現，不會造成任何麻煩。反正死人是不會突然『蹦』地跳起來，抱怨著好冷好冷的。」

「但是，那男人的家人一定正在擔心吧。」

「少當家，我可以跟您打賭，犬神大人和白澤大人，現在也一定正蒼白著臉在找少當家唷。要是惹上麻煩而更晚回去，不就傷腦筋了嗎？」

「那個死掉的男人，穿著看起來像是工匠。」

過了聖堂前的坡道，到了橋邊後，少當家的思緒還是不離方才所發生的事。昌平橋旁有守橋的警衛，鈴彥姬只沉默地潛進陰影中，繼續跟隨。

在橋前點上的提燈，一邊照亮腳邊，一邊畫著圓弧前進。通過橋邊的警衛小屋，來到較開闊處後，先前夜色中所見的一片漆黑，已經可以看出是大型店鋪的瓦屋頂相連所形成的黑影。到這裡就能安心，忍不住呼地喘了口氣。

腳步朝著現在應該還開著的城門前進。但就在離門不遠處，被眼前兩個並排的提燈給擋住去路。

「啊……呃，你們在啊？」

明亮的月光下，，清楚可見面前提燈站著的兩人臉色凝重。在相對無言的三人之間，腳邊的暗影打圓場似地插了嘴：

「犬神大人，白澤大人，好久不見了。奴家是鈴彥姬。」

被這麼稱呼的兩人，表情瞬間變得更加橫眉怒目。

「不准叫這名字！要是讓誰聽到怎麼辦？」

「非常對不起，目前兩位的身分……應該是家丁吧……」

「佐助，仁吉，你們來接我啦？」

少當家直爽地走向兩人。原本還因擔心被逮個正著而忐忑不安，東窗事發後，反而冷靜下來。兩位家丁像是要守護他似的，隨即一左一右靠向那細瘦的身影。

「這種夜裡，您到哪兒去了？」

劈頭這麼問的是佐助——也就是鈴彥姬稱爲犬神的那一位。

身長雖還不到六尺，但也是個魁梧的偉丈夫，事實上還是個大力士。拜此所賜，在少當家父親經營的迴船問屋⑧「長崎屋」出入的船夫們，聽說也對他另眼相看。面容粗獷，眼神凶惡。現在他正用那雙眼睛，直直地往下瞪著少當家。

少當家沒有回答。

⑧江戶時代在河川或海洋沿岸航線上兼載乘客及貨物的船運業者。問屋，意為批發商。

他巧妙地避開那雙強烈的視線，不作回應，打算就這麼邁步前進。但是，這次卻和仁吉的眼光對上，無路可退了。

仁吉——這位先前被喚作白澤的家丁，雙眼細長，五官端正，這樣一位美男子若站在吳服店前，恐怕連布料都會銷售一空；要是讓他穿著優雅的淺灰綠條紋和服到客戶家拜訪，回來時恐怕衣袖都被情書給塞滿了。

但是像今天這樣，不想被追問事由時，仁吉則相當難應付。把忍不住湧到嘴邊的嘆氣給硬吞下去後，眼前那張白皙臉龐竟微笑起來。

少當家還記得這種笑法，他可不太想看到。清晨出烈日則必降大雨，這微笑之後保證有山一般高的責備與嘮叨滾滾而來。

「少當家，佐助在問您為何外出不是嗎？哎呀，不想說嗎？這可是……」

仁吉講著講著，突然閉口不語，表情漸漸扭曲。

「有血的腥味！一太郎少爺，您受傷了？」

「真是的，明明說過別再叫我少爺了！我又不是一直都是小孩子……」

「受傷！在哪裡？」

完全沒把少當家的回嘴聽進耳裡。佐助馬上伸出手，像抱嬰兒般輕輕抱起少當家，確認有沒有受傷。

「沒受傷啦！」

他忍不住喊出聲來，但家丁不確認個清楚是不會放他下來的。

小時候，祖父帶回這兩人，來到臥病在床的一太郎枕邊請安。兩人當時約只有十歲左右。雖然看來年幼，卻是到長崎屋幫傭的。由祖父一手訓練並住在店裡的兩人，從那日起，態度始終如一。

所謂的態度，就是要把一太郎放在第一位——而且沒有第一位以下的事物。

因爲爺爺曾說：這孩子就交給你們了，要好好保護他。

其實從那天起，一太郎周遭，不分晝夜都有不可思議之物靠近。佐助比一太郎的母親阿妙更常照料輾轉病榻的一太郎；仁吉則代替一太郎那過世的兄長、代替因事業繁忙而無法陪在身邊的父親、以及爺爺本人，成爲處理藥材買賣的得力幫手。

一直都在身邊無微不至地守護，讓人窒息。

但是，妖怪的感覺畢竟和人有微妙的不同，所以也有如同今天一般擾人的例子。

「犬神……不，佐助先生，少當家並沒有受傷。是因爲在路上和殺人凶手擦身而過，才會染上血腥味。」

鈴彥姬在陰影裡插嘴說道，大概是想幫一臉困擾的少當家解圍。

「鈴彥姬，妳啊，這件事就……」

這件事就別提了——本想在回到店鋪之前，先仔細叮囑善良小妖怪這句話。要是讓她說出自己傻楞楞地走在夜路上時碰到危險，那今天獨自一人溜出門所要受到的責難，無疑會像米煮成粥一樣，膨脹成原先的數倍。

「殺人凶手……！」

家丁的視線，朝一太郎來時路的城門與橋之間，迅速來回巡看。

雲朵飄動，遮住月亮。在逐漸加深的黑暗中，眼前只見橋旁有個挑著擔子賣便宜蕎麥麵的小販，以及一名正津津有味大嚼蕎麥麵的客人。在那前方，有個稍嫌太早出現的茶飯⑨攤子，老闆正悠閒地坐在那兒吞雲吐霧。

什麼人影或刀劍反光，一概不見。只有黑暗更加濃厚而已。

佐助緩緩回頭，溫和地對小妖怪說：

「鈴彥姬，辛苦了，妳可以回去了。」

「早點回店裡才是上策。」

仁吉將手放在一太郎背上催促。終於朝城門前進的一太郎，卻又立刻停下腳步，回頭輕聲說：

「鈴彥姬，今天多虧有妳在，我才能得救。」

一聲微弱的清脆聲響隨即傳了過來。小妖怪這充滿情味的回應，在夜色中依依不捨

⑨以醬油和酒調味後炊煮出的飯，因外觀呈茶褐色而得名。是江戶時代最受歡迎的消夜之一。

地消散而去。

江戶大店鋪的大門外側屋簷下，一到晚上就會當作便道。夜晚還要繼續做炊煮工作的店鋪，或還沒就寢的人家，屋內的燈光便流洩在各處的便道上。由於稍有光亮，而且若在黑暗中撞到路邊爲防火災而儲水備用的天水桶，就太危險了，所以一太郎等人便沿著這條約有一間寬的便道通行。

從筯違橋御門前通過須田町，就這麼直直渡過日本橋。順著路走下去就會到父親經營的長崎屋，但是一太郎從剛才就一直有很不好的預感。因爲不管是佐助還是仁吉，都不發一語。

不但背著他們私自在夜裡外出，還遇上了讓這兩人臉孔爲之抽搐的麻煩事兒。原本心想：等著看吧，待會兒囉哩八嗦的說教一定會像海浪般洶湧而來，重複再重複，邊走邊責備；但他們兩人卻不言不語，一句話也不說。

起先心裡還覺得沒說教眞是謝天謝地，但少當家走著走著，從蚊帳和榻榻米店的立看板旁經過時，再也按捺不住，打破了沉默。

「佐助，仁吉，你們在聽嗎？」

「少當家，什麼事？」

佐助若無其事地回答。

「爲什麼一句話也不說？我以爲你們會向我訓話呢。」

「你想聽訓嗎？」

「這倒不是啦。只是，默默不講話，很怪。」

「總是不該在街上訓斥少當家吧。」

回頭這麼說的是走在一步之前的仁吉，因爲提燈從下方照著他的臉，表情更是讓人害怕。

「可以看到店鋪了。回去後，可要請您好好把今天的事情說個清楚明白哪。」

在略近京橋處，以瓦片屋頂和塗漆牆壁建造的防火屋宅，就是長崎屋的店鋪，遠遠看起來就像個巨大的暗影。有十間之寬的店鋪正面，和別的店鋪一樣，已經嚴實地關閉起來。仁吉一站到便門前，明明不曾喚門僮開門，便門卻從裡頭打開了。

「您回來啦。」

從家門口出來迎接的是喚作鳴家的妖怪，是身長只有幾寸那麼高的小鬼。除了會在家裡四處發出擠壓碰撞般的噪音外，什麼也不會做。一太郎曾在房間裡看過好幾個，偶爾還會來討茶點吃，不可思議的是，從未聽家裡其他人說看過他們。

三人沿店鋪側邊走，經過後院小小的稻荷神像前，直走向以前當作退隱房的別館，也就是少當家的起居處。長崎屋的店鋪那一邊，並沒有人被吵醒而走出來看的氣息。

「你們沒把我溜出去的事告訴我爹媽？」

「若把這事告訴當家老爺，會引起大騷動的，落得要動員全店的人在夜裡到處找你。」

眞要說起來，的確是這樣沒錯，一太郎同樣也不想讓愛操心的父親知道這事。所以外出這件事才瞞著家丁們，預先布好因應對策。

怎麼會被發現呢？

他還是摸不著頭緒，歪著頭走上風雅的別館。屋子升高之處的柱子，因爲是巳年造的，所以仿擬蛇形做成蜿蜒扭曲的樣子⑩；屏風則是一位聽說是祖父友人的浮世繪師，在酩酊時隨手揮毫繪製的雀戲圖。

但今夜的別館似乎和這些風雅之事無緣了。走到當作臥房用的十疊⑪大房間，拉開拉門，裡頭已點上油燈，在榻榻米地板正中央，掛有煮水鐵壺的火盆旁，有個妖怪被棉被捲住後用繩子綁住，躺在那裡。不管在他上頭還是周圍，都有許多小鬼壓著，顯然絲毫無法移動。

「屏風覷⑫……你被逮到啦？」

古老屏風幻化而成的付喪神，穿著直接以置於房內一隅的屏風圖案爲底，人稱石疊

⑩日本文化中，亦將十二支（子、丑、寅、卯、辰、巳、午、未、申、酉、戌、亥）對應十二生肖，故巳年對應至蛇年。

⑪日本習以榻榻米張數來計算室內面積，稱為「疊」。榻榻米尺寸固定為長約六尺、寬三尺，面積為半坪大。

⑫原指躲在屏風後，趁人熟睡時伸長脖子，自屏風上窺探睡容的妖怪，在此則是指古舊屏風幻化而成的付喪神。

紋或俗稱棋格紋的華美和服，華麗的姿態有如浮世繪裡的歌舞伎演員。因也會幻化為人形，所以少當家之前也時常拜託他當替身。

長崎屋的老闆夫婦相當溺愛孩子，天冷時當然不會讓獨生子出門，天熱時怕對身體不好，也擋著不讓出去。要是打了個噴嚏，就連想去近在眼前的點心店一趟，他們也會板著臉不肯答應，所以少當家總是絞盡腦汁苦思溜出去的方法。

雙親似乎只要看到一太郎在暖呼呼的床上幸福地睡著，就會覺得心安。因此他就把棉被蓋在屏風覷的頭上，讓他代替自己裝睡，自己溜到三春屋吃甜點……

「少當家難道以為，我們一直沒發現您叫屏風覷當替身的事嗎？」

佐助讓當少家坐在棉被捲前面。小鬼們從梅花圖案的棉被上離開，退散到微暗的房間角落。

「你們怎麼知道的？」

「只是去吃點甜食還無妨，所以才睜一隻眼閉一隻眼，看來這種想法是錯的。」

仁吉以非常慎重的姿勢坐在一太郎正對面。少當家嘆了口氣，指著捲成像條海苔壽司般的棉被，說：

「噯，放他出來嘛。是我拜託他的，卻害他被綁成這樣，覺得好心疼喔。」

「就算是受託，但讓身體虛弱的少當家出去走夜路，這又另當別論了。」

仁吉的回答透著嚴厲。

「這傢伙老愛自作主張，不好好教訓教訓的話，是不會悔改的。」

「乾脆就這樣把他給丟到井裡去好了。在裡頭待個一晚，應該多少知道要悔悟吧。」

「佐助，這主意不錯呢。」

「別這樣啊，他原本就是紙做的，要是掉到水裡，會化掉的。」

少當家邊看著膝蓋前榻榻米的紋路，邊思考著。乍看之下，仁吉和佐助像是在對屏風覷生氣，其實是拐著彎在責怪一太郎。他們倆已經不是一句抱歉就能應付得了，儘管如此，還是非道歉不可，因此一太郎感到相當不耐。

「私自外出是我不對。叫屏風覷幫忙當替身，我也很自責。所以……」

朝家丁們拚命做出煩惱的表情，無力地笑給他們看。自己也覺得很後悔呀，還留下了可怕的回憶，而且也累得要命，所以拜託啦，不要臉色那麼難看嘛……如此這般自我檢討。

若是平常，佐助聽到這裡就會放鬆地笑了出來；今天卻只是非常謹慎地動手從鐵壺倒出熱水來沖茶。仁吉繼續說：

「私自外出的理由，之後會再仔細問個明白。少當家，您說您遇上了殺人凶手？」

「嗯……我說就是了，先放了屏風覷嘛。」

「眞拿您沒辦法。」佐助的手往綁住棉被的繩子一扯，原本綁了好幾圈的繩結，輕輕鬆鬆解了開來。從裡頭出現的華美妖怪，瞪了家丁們一眼，連少當家說了聲「對不起」也沒理會，便逕自回到屏風裡，讓仁吉的臉又再度顯露不快。

這種氣氛，就算說出要趁屏風覷收進畫中時將之燒燬，都不足爲奇呢。

看樣子，要是沒有比被拖到法庭前的犯人還老實，家丁們眉間的皺紋是不可能消退了。一太郎把在湯島聖堂前土牆旁的坡道上，被手持刀刃的男子追逐之事，一五一十向他們報告。

「追過來的那個殺人犯，一定是個男的。」

「是的。看得出身材很壯。應該是個工匠吧。」

「不是說暗到周圍都看不清嗎？居然能看出這一點，眞不簡單。」

「是啊，我也是拚了命呢。畢竟那傢伙執拗地猛追不停。」

「那人出現在少當家面前時，應該已經動手殺掉松樹下那男人了。」

「沒錯。一開始就有血的腥味。是鈴彥姬發現的。」

隨著談話，原本以爲家丁們的表情會稍稍緩和下來，卻更加蒙上一層陰影。

仁吉像在思考般，先從茶杯中喝了口茶，停了一會兒後，才以苦澀的表情說：

「不太妙啊。少當家，說不定他已經看到您的臉了。」
「咦……」
仁吉突然這麼一說，一太郎露出困惑的表情。他以爲逃離現場後，就能斷除與殺人凶手的關聯了。
「聽我說，那時眞的很暗。就算提著提燈，也看不到多遠。甚至連我都看不到那人的長相呢。」
「那男人自己並沒有提著燈，對吧？」
佐助從旁插話。他也是一臉喝了苦澀湯藥後的表情。
「那麼，光源就只有少當家手上那盞燈了。所以少當家的身影應該最明亮可見。說不定長相已經被那人記住了。」
「不只這樣，提燈上還寫有店名。藥鋪、長崎屋……等。這比長相更容易分辨。」
「可是我馬上就把火吹熄了……」
一太郎的視線又落到榻榻米上。房間四周，距離油燈較遠的幽暗裡，小鬼們正用細小的聲音熱烈討論著。他漸漸能夠理解，自己的確已捲進比想像中更加棘手的事件。仁吉他們掛心一太郎的安危，更覺事態嚴重。
「我若是那個殺人凶手，就不會放過少當家。一想到自己殺人的事被看到，說不定目擊者會跑到官府告狀，那晚上鐵定睡不著了。」

「我眞的沒有看到他的臉……」

一太郎的聲音顯得很無力。眞要說來，他們講的也有道理，讓他毫無回嘴的餘地。

「你沒看到臉的事，凶手是不會知道的，不是嗎？」

「但是殺人凶手未必看到我的臉呀，也未必就能在那一瞬間看清提燈上的字吧？」

「不管事實眞相如何，我們依舊猜不透凶手心裡會怎麼想。所以在抓到殺人凶手之前，少當家，這陣子無論如何都請別再外出了。」

「怎麼可以這樣！那不知要等多久！」

「可以向八丁堀的當家探問看看。若向捕快清七師傅請教，說不定多少會告訴我們已經調查到什麼程度。」

「要是一直沒抓到，怎麼辦？我可沒辦法一直窩在家裡。」

少當家立刻抱怨連連，但佐助和仁吉一副充耳不聞貌，不斷討論之後的問題。

眞不好玩。心中雖這麼想，但又想不出值得向這兩人插嘴的替代方案。雖然被告知身陷險境，卻完全沒有眞實感。正想著此事時，家丁們似乎已有共識，仁吉轉身朝向少當家，說：

「總之，就先到處向認識的妖怪們打聽遇害男子的消息。」

若只是強盜，就不容易知道是誰下的手。不過，說不定這並非搶劫殺人，如果是仇殺，凶手就是死者認識的人。

「不管怎麼說，這事還是非常危險。少當家，這段期間一定要小心啊。」

「嗯，我知道。沒問題，我會乖乖聽話。」

「那麼殺人犯的事，今天就到此爲止。」

說教終於結束了，少當家馬上脫下外套，準備換上睡衣。仁吉立刻遞上少當家慣穿的棉質睡衣，接過脫下來的和服並摺疊好。佐助把後面凌亂不堪的床鋪和棉被仔細重新鋪好。

「那麼，晚安了。」

說完便準備要睡覺時，卻看佐助依然手拿枕頭，遲遲不放下。

「少當家，就寢之前還有一件事情該說，不是嗎？」

仁吉邊收拾火盆裡的火，邊往少當家的方向瞥了一眼。

「爲什麼要在夜裡外出呢？」

「只是去透透氣嘛。因爲自從上次喉嚨發炎後，一下子說天氣還很冷，一下又說外頭灰塵多，都不讓我出去。」

「這個我知道。」

仁吉似乎不能接受這種說法，再次將膝頭併攏，面向少當家。佐助則將外套披在一太郎肩上。從這貼心的動作來看，一太郎知道這件事若沒交代清楚，這兩人是不會離開了。

「想到三春屋吃蕨草餅，或去看尚未落盡的八重櫻，這些理由我都能明白。少當家您已十歲有七，說不定也會想去吉原花街那種地方放鬆一下，而拜託三春屋的榮吉帶你一塊兒去。若眞是這樣，那這事我就不多問了。」

仁吉的眼光正直直盯著自己。感受到那股強烈目光，不敢抬起臉來，只能裝作正和棉被在玩互瞪遊戲，不斷重複。

「就說是想做點不一樣的事嘛。因爲我沒走過夜路啊。」

「既然如此，爲什麼要到夜晚的聖堂旁邊、那種好人家的子弟不會去的地方呢？既沒麥茶喝，也沒蕎麥麵吃，到那一帶欣賞夜色似乎怪怪的。」

「因爲是第一次，不知道要到哪兒好嘛。」

這兩位妖怪一定覺得自己在白費力氣。仁吉似乎仍無法接受，正想再問時，房裡的小鬼們突然消失了。

仁吉和佐助也在一瞬間擺好警戒的架勢。但一聽到走進別館的腳步聲，便似乎已知來者是誰，兩人放鬆下來，重新坐回房間一隅。

「一太郎，還醒著嗎？」

拉門打開了，以擔心的語氣這麼問的，正是長崎屋老闆藤兵衛。藤兵衛是個強壯有力的男子，有五尺五寸那麼高，令人難以想像今年已五十有二。店內及城裡人大多說他是個大好人。

但他什麼都好，唯一不好的地方，聽說就是連老闆娘在內，這對長崎屋老闆夫婦，寵溺小孩到不可思議的地步。一位住在附近、口德不好的吳服店老闆，就曾說長崎屋寵愛一太郎的程度，就像在大福麻口上盛著高高的砂糖堆，又在上頭澆淋黑糖蜜一樣。

雙親既有錢又極度寵溺自己，這樣的兒子無疑會成為縱情酒色的不良少年；這個兒子卻常常臥病在床，徘徊在生死邊緣，連走上歹路的餘暇都沒有。因此可見長崎屋夫妻倆有多麼舐犢情深，更加疼惜這個兒子。

「都已經四時了，不早點睡，對身體不好。」

「嚇我一跳，我還以為阿爹您已經睡了……」

仔細一看，藤兵衛身上穿著松葉圖案的睡衣，披著外套，一副已經要就寢的樣子。

「我去如廁時，看到別館還有燈光，所以才來看看。佐助、仁吉，怎麼可以不讓一太郎早點就寢呢？」

「非常抱歉。」

兩位妖怪一起低下頭。身爲長工，兩人平日也會認眞爲老闆做事。但是——

總覺得比起對過世的爺爺，態度有些不一樣……

一太郎會這麼想，也是無可奈何。

這種想法，來自仁吉他們不讓父親看見妖怪本性。長崎屋上下都只把他們兩人看成普通的幫傭。父親是入贅的女婿，並沒有長崎屋的血緣。難道是這個原因嗎？少當家覺得很不可思議。

「你上個冬季不是才剛生了場大病嗎？求求你一定要好好保重身體啊。」

「爹，那已經是三個月前的事了，不必擔心啦。」

「還說這種話，如果像去年夏天一樣，患上生死交關的大病，可怎麼是好？」

「麻疹是不會得第二次的。」

好像無論怎麼回答，都沒辦法讓父親不擔心，一太郎當場就被趕上床。仁吉他們也覺得現在的狀況不宜再追問下去，便將油燈吹熄，跟在藤兵衛後面退出房間。餘留下來的，還是伸手不見五指的黑暗。

他呼地嘆了口氣。終於能躺下來休息了，但回想起今晚的驚險，臉上便泛起苦笑。

佐助他們只顧著談殺人凶手的事。

對一太郎來說，出現在凶案現場，不管之後會造成多大的麻煩，某方面卻值得慶幸。因爲他還有其他不想和盤托出的事。家丁們雖然因爲怕他又遭襲擊而緊張不已，但之前的確沒想過事情會變成這樣。

把那黑暗中的事忘了吧。不可能再碰到那個殺人凶手了。

翻個身，把手伸進袖子裡。將換衣服時偷放到袖子裡的紙片捏在手裡，發出微微的沙沙聲。他立刻在棉被裡將之揉掉。上頭寫的東西已經記在腦子裡，不必再看。明天一定要趁佐助他們沒發現，丟進火裡燒掉。

唉——

彷彿被忍不住嘆氣的聲音所煽動，黑暗中冒出許多動靜。妖怪看到少當家還沒睡著，便偷偷在旁窺探。

儘管無言地躺著，也聽得到妖怪在各處細語的聲音。雖然大致是壓低了聲音在講話，但談話的內容是今天的少當家，聽起來似乎評價不太好。

聽說是被天火給救了一命哪。

還好天火就在剛好能幫上忙的地方，太好了。

這悅耳的聲音聽來，應該是琴妖琴古主也來湊熱鬧。

在遠處的天火，被少當家給大聲喚來了。還好聲音能傳到，眞是萬幸。

這樣不是很危險嗎？

是啊，明明不知會被誰聽到，竟還如此大膽。

妖怪們並非全都站在少當家這一邊的啊。

潛藏在黑暗中的妖怪們，繼續更小聲地說：

不不不，不管喚來的是什麼樣的妖怪，都比人好。人才可怕呢。

最恐怖的就是犬神啦，就是白澤啦。

沒錯，沒錯。

身體感到疲累，精神卻出奇地好，一太郎怎麼也睡不著。雖然今天似乎沒什麼效，但平常一向把妖怪們的談話當安眠曲，越聽，睡得越好。少當家就是如此習於與妖怪相處。

的確，從小時候病臥床榻的那一天開始……

從祖父帶著仁吉和佐助來的那天開始，妖怪便成爲每天生活的一部分，甚至可以說是一太郎不可缺少的另一半了。

第二章

妖

一、

一太郎記得當時確實是在五歲左右。

那年夏天，天天都分外炎熱。因爲記憶中沒有別人陪著一塊兒睡，所以說不定只有一太郎有這種感覺而已。總之，身體就像從內部悶煮著似的，讓他無法起身。

他想起那時從床榻的高度向上望見的青空、花樹等風景。

就算賣糖飴或金魚的流動小販拉得長長的叫賣聲從土牆外漸行漸近，也沒法過去看。眼中見到的事物日日相同，白晃晃的盛夏陽光映照反射，更添一分暑氣。躺臥在掛著嫩青蔥色麻質蚊帳的寢室裡，聆聽無盡的蟬鳴，徒讓身子更加乾瘦，一點食欲也沒有。

若是不想吃粥，雙親便會叫來賣白玉湯圓或甜酒的流動小販，送到枕邊給他，但一太郎仍舊食不下嚥。

臥病在床超過一個月後，前來診察的醫生，臉色也難看了起來。一太郎呢，不分早晚，終日精神不濟，不管同他問什麼話，他連回答都覺得麻煩。總之就是有氣無力，只能敷衍地出點聲音，或乾脆一聲不吭。

大概以爲他睡著了，蚊帳外那些前來探望的親戚，談話的內容也變得不客氣起來。

像是：

「老闆娘已經沒辦法再懷下一個孩子了吧。這麼大間的店鋪將來可怎麼是好唷。看來是非收個養子來繼承不可了。」

「這樣的話，我家裡可有四個孩子呢，應該……」

像這種就算不想聽也直往耳裡送進來的話多得不得了，在雙親面前，他們當然不會說出口，算是一太郎和那群親戚間的祕密。因爲連開口說話都很費力，所以那些從伯父叔母口中吐出的生動會話，他也不想告訴雙親。但是，這種話天天聽下來，終於讓他有這種想法：

我會就這樣死掉嗎……

去年長崎屋飼養的老狗，突然變得怎麼叫牠都不把頭抬起來了。摸起來冰冰冷冷。店裡的人說牠死了，幫忙把牠埋到後院裡。記得當老狗的身形消失在土中時，一太郎知道以後再也看不到牠了，還撲在祖父身上哭得好慘。

不會動，變硬，再也不能在一起。對五歲的一太郎來說，死亡就是這樣。

但是，自己若是消失了，就像自己會爲了老狗哭得一把鼻涕一把眼淚一樣，瘦弱的母親也一定會哭泣。

眞不想變成那樣啊，一太郎心裡這麼想。

父親和祖父雖然都是男人，說不定也會因此嘆氣。父親曾告訴他，長崎屋是靠船隻航行和遠地進行買賣的，但店裡的總管有次曾提到，最近店裡的貨品，從各地來的藥材是越來越多了。不過，那些藥方對自己的身體至今仍不見功效，說到底，他也挺討厭苦的藥。

但是，大家都已經為自己盡了這麼多心力，不就更不該死去嗎？

「一太郎，醒著嗎？」

從庭院前傳來聲音。透過蚊帳，站在盛夏陽光中的祖父，高大身影映入眼簾。難得的是還有兩個小小的身影站在祖父身旁。一太郎從久臥的病榻上努力撐起身子想看清楚些。祖父走進房間，捲起暗紅色門簾，扶著一太郎到蚊帳外頭。

「你們兩個過來。」

遵照吩咐走上臥房的竟是兩個看來只有十歲左右的孩童。「佐助拜見。」「仁吉拜見。」兩人雙手伏地，慎重致意。

「他們是這次來幫傭的童子唷。」

坐在棉被上的一太郎聽到祖父的話，腦袋微微往旁傾了一下。

長崎屋裡約有十來位童子。新來的人雖說是孩子，但也有一定的年紀，因此一太郎也感到興味十足，希望能玩在一塊兒。只是每個童子總是被呼來喚去地在店裡忙著工作，不會來到別館。

「這還是頭一回有小孩子到這裡頭來呢。爺爺，爲什麼只帶這兩人來？」

令人訝異的是，對一太郎的問題報以笑聲的，竟是話中所指的兩位童子。

「這孩子好伶俐啊。」

「我很欣賞他。」

「侍奉之事，就這麼約定了。」

他們相互談話的語氣，一點也不像孩童。看到一太郎瞪圓的雙眼，祖父苦笑起來。

「眞是的，你們是十歲大的孩子啊。講話怎能這麼老成呢？」

「您說的是。十分抱歉。」

兩人齊聲道歉。祖父仍滿臉笑容地望向一太郎，唐突地問了一句：

「你知道自己有個已經過世的哥哥吧？」

像是在一一確認事情般，祖父對搖著頭的孫子點了點頭。原是武士出身的他，是個處事有條有理的人。

「你哥哥過世後，你娘親怎麼也沒辦法懷下一胎。很想要孩子的阿妙，就去向稻荷大人祈願求子，還在庭院裡蓋了座小祠廟，天天都很虔誠地向稻荷神祈願。」

雖然不懂爲什麼祖父把帶來孩童之事放到一邊不提，突然開始說起這些事，但一太郎還是認眞地傾聽自己出生前的往事。

「供奉也做了，百次參拜也做了，你娘親那股堅定的意志一定是傳到稻荷大人那兒去，所以阿妙在稻荷大人的保祐下，才懷了你唷。你這孩子就是這麼來的。所以……」

祖父瞥了那兩位童子一眼。

「一太郎是打從呱呱落地就由稻荷大人守護著。不過，有時也會派遣妖怪來代替自己……」

「妖怪！這兩個童子不是人嗎？」

一太郎的眼光不經意望向佐助的臉，突然發現童子的嘴角竟咧開至耳朵旁，他嚇得拚命逃到蚊帳裡。祖父冷靜地看著旁邊的仁吉用手敲了佐助的腦袋。

「你這孩子身子虛弱，所以才讓人擔心啊。我也希望能儘量陪著你，不過我年紀也大了，所以才會去拜託稻荷大人，請祂派遣使者來守護我的孫子。還有，爲了能一輩子陪在你身邊，所以希望現在的外表看起來要夠年幼。」

「……」

這是初次在大白天看到非人之物的眞面目，不可思議的是，他竟一點也不覺得可怕，不知是不是因爲疼愛一太郎的祖父一臉沉穩地待在房裡。他慢吞吞地從蚊帳裡再次爬出來，緊緊黏在祖父身旁，伸首窺望那兩個童子。

「你們會陪我玩嗎？」

兩名童子頷首；在孩童的想法裡，這就表示眼前兩人是同伴，於是一太郎便解開心防。照祖父所言，這兩人算是僱來的童子，所以得在店裡幫忙，學著做事。不過童子能做的工作也有限，所以祖父會幫忙安排空閒，讓他們到別館陪一太郎。

「好……」

一太郎似懂非懂地回答。這兩個妖怪要以人的身分在長崎屋生活，所以不能將他們的妖怪身分洩露出去。若是乖乖遵守這項約定，他們就會陪自己玩了。

這對終日倒臥病榻、沒什麼玩伴的五歲孩童來說，是多麼開心的消息，因此方才兩人不可思議的對話、世上怎可能會有此事的念頭，都已拋在腦後。朝新朋友揮揮手，他們便滿臉微笑地回望。最緊要的事莫過於此，這樣就夠了。

祖父看著一太郎開心的臉，會心地直頷首。接著又靜靜拿起枕旁藍色的華美細雕玻璃水瓶，將水倒入茶碗，再從懷中取出一個小紙包。打開一看，裡頭是一粒約成人指尖大小的黑色藥丸。

「這是別人給我的，對虛弱體質非常有效的藥喔。顆粒有點兒大，可能會較難吞嚥，你就忍耐著把它吃下去吧。」

臥病時雖服用過各式各樣的藥方，身體仍不見好轉。這事兒祖父應該也知道。祖父一說這藥特別有效，讓一太郎相當好奇，想知道這是什麼藥、是誰給的，祖父卻不肯詳說。吞下這粒黑藥丸並不費力，畢竟一太郎雖還是個孩子，吃藥這件事也算是身經百戰了。

狂風驟雨般的蟬鳴雖然刺耳，但不知是否因爲藥丸之故，吞下後沒多久就襲來一股睡意。與其睡覺，現在倒比較想玩。硬是磨菇了一會兒，聽見仁吉他們說從現在開始會一直陪著他，一太郎才安心下來。正當身體就這麼沉浸在睡意中時……忽地心頭冒出一個疑問，因而睜開了眼皮蓋兒。

「哎呀，佐助你們是什麼妖怪呢？是河溝裡的河童？還是墓旁的幽靈？」

祖父和妖怪們聽到這問題都笑了起來。看來不是河童。

「在下是犬神。」

「在下是白澤。」

佐助和仁吉雖這麼回答，但就算說開了，一太郎也不明白這是什麼樣的來頭。而且也沒辦法再繼續聽下去吧，因爲他的眼睛已經睜不開了。

再怎麼炎熱也無所謂了，許久不曾降臨的舒暢好眠正等著他呢。

二、

一覺醒來，拉上板窗的房內略顯幽暗。

但是每天早上只要一從棉被裡起床，佐助便會以驚人的速度立刻出現，將房內的窗戶打開。今天也是很快就把寢室的紙糊拉門打開，露出平日那張粗獷的臉。

「早安，少當家。睡得還好嗎？」

一邊說著，一邊確認一太郎的臉色（大概還活著吧），然後才彷彿安心地迅速打點一太郎的衣著。

穿上以佐助喜好的千草色①為底、銅綠色細條紋的和服，迅速梳理蓬亂的頭髮。套上足袋後，趁著少當家檢查隨身錢包內的物品、放入懷中，佐助急忙將寢具都收拾好。

一太郎也知道，妖怪們像現在這樣隨侍在側，是多麼非比尋常。但為什麼他們只會出現在自己身邊呢？雖然很想問個清楚，關鍵人物祖父卻已經往生了。更何況少當家也早已習慣現在這樣的日子。不管是數量多到在迴廊上走沒兩步便會不小心踢到的鳴家，還是只要呼喚便會現身的幾位妖怪，都已是日常作息中理所當然的存在，無法想像還有別種生活方式。

①帶點綠色的靛藍色。

要是佐助和仁吉不在了，自己該怎麼辦？雖然曾這麼試想，卻終究無法想像結果。

「今天要在店鋪那邊用早膳嗎？」

佐助一問，他立刻點頭。要是身體不適，便會在隔壁日照良好的小房間用餐，不過一太郎此時感覺還不錯，就這麼和家丁一起朝長崎屋主屋走去。

時間已是早上四時左右，店內走廊上可見僱傭們正忙碌不已地往來交錯。少當家要繞到店面那兒去，便從廚房抄近路。已出完早膳且打掃完畢、正準備打點午膳的女傭，朝少當家的身影一齊鞠個躬，作爲早安的招呼禮。

也供船夫們用餐的長崎屋，廚房相當大。一邊有多達六座爐灶，中間是泥土地板，另一邊則是巨大的開放式棚架，上頭擠滿了桶子、砧板、餐檯等用具。廚房裡端是更高一層的木頭地板屋，右手邊是存放味噌或鹽等等的房間，對面的角落則是收納木碗及盤子的櫥櫃。

水是從自家的井裡汲上來的。井就蓋在庭院後頭的一號倉庫及土牆之間、自家澡堂旁的泥土地上。長崎屋是掌管大批船夫的大店，因此特別獲准有自家的澡堂；不過還是很怕發生火災，因此將澡堂蓋在離主屋相當遠的地方。要是下雨，汲水就較爲不便，但也莫可奈何。每天早上將櫥櫃旁的三只大水缸給裝滿，是女傭每日例行工作。

在廚房指揮五名女傭的，是一位叫阿熊的女性。就算面對粗野的船夫，講話也絲毫不留情面。不過她和老闆夫婦倆一樣，只對少當家溫柔呵護備至。或許也是因爲當初代替泌乳十分不順的阿妙哺乳，成爲一太郎的乳母之故，至今仍把少當家看作孩子，讓一太郎多了個煩惱。

「早安，少爺。今天有您喜愛的河蜆湯喔。我馬上幫您準備。」

「謝謝妳，奶娘。每天都這樣麻煩妳，眞不好意思。」

「討厭，這是應該的啊。因爲少爺您對我太好了嘛。」

阿熊至今仍不曾稱呼他爲少當家。仁吉說，這大概是因爲宛如自己孩子般的一太郎若很快就長大成人，她會感到寂寞吧。

用早膳前到店面去露個臉，表示一太郎身體不錯；因此阿熊心情愉快地親自爲他準備時間稍晚的早膳。

在這段時間裡，兩人穿過走廊，朝船運商行長崎屋走去。木頭地板屋的店面正後方有間十疊大小的房間。出聲招呼後，推開紙門，家丁正朗聲唸著帳本，總管則打著算盤算數。在錢箱旁看著他們對帳的藤兵衛，抬起頭來對著兒子的身影微笑。

「你醒來啦。今天身體怎麼樣？」

「爹，早安。感覺不錯呢。」

「那眞是太好了。來，快去吃早飯。要多吃點喔。」

「好的。總管大叔，不好意思，打擾你對帳了。」

對早上賴床到日上三竿的兒子不但不責罵，反倒一個勁兒操心，的確令人覺得是溺愛。雖說稀鬆平常，但還是一面覺得晏起不好，一面從走廊回到店鋪後方。東南方角落就是老闆娘平日使用的房間，可以看見整片庭院，日照充足而溫暖。一太郎若是早膳用得較晚，多半都在這裡進食。

「娘，早安。」

獨生子平安無事地來這裡用早膳，在長火盆旁的阿妙不禁笑逐顏開。

光是吃個飯就令人感到如此欣喜的傢伙，大概也只有我了吧。

雖然有些難為情，但一想到因病而無法到店裡的日子占了大半，也就無法說娘親小題大作了。甚至以前家丁們拿一太郎早上會不會到店裡露臉之事來打賭，那時藤兵衛還氣到臉赤紅得像惡鬼似的。

阿妙歡喜地沖了熱茶。外表一點都不像年近四十的人。

少當家的娘親年輕時可說是這一帶的美女小町，不，是堪稱江戶第一的弁天女神唷。②現在也還是美艷如昔呢。

不知是哪時候的事了，三春屋的伯父這麼告訴他。年輕時的阿妙，人人都說她像是皓雪做成的花兒，閃閃動人又嬌弱美麗，讓人覺得非保護她不可。還不到十五歲的當

②小野小町是日本平安時代著名的美女與才女，後世遂以「小町」當作美女的代名詞。弁天，又稱弁才天、弁財天，源於印度的女河神，隨佛教傳到日本後成為日本七福神之一，掌管智慧、音樂、財富。

兒，就接連不斷有人上門提親，聽說讓祖父不勝其擾，十分頭痛。

只要生在地位崇高的武士之家，連養女都會有人來提親呢。因此即便江戶知名大店的少東，也都是可任阿妙選擇的夫婿人選。

阿妙選中在店裡幫傭的父親爲贅婿時，瓦版新聞紙上甚至還刊登了半帶吃味的文章來調侃這事兒。

選上阿爹的究竟是祖父？還是阿娘自己呢？

事到如今，想去問娘還是會覺得害臊，所以仍是無解。

就在喝茶時，佐助將早飯送過來了。今朝少當家和母親之間的話題，是預定要播種的牽牛花，他一邊生動地形容新的花種外型、顏色，邊想著：「沒必要特地幫我準備遲來的早餐，明明跟中飯一併吃就好了。」

雖然這麼想，卻因害怕而不敢說出口。因爲他從前曾試著說了一次，結果引起雙親大騷動，以爲兒子身體又出了什麼毛病，不但把醫生叫來，又逼他躺進棉被裡休息，還灌下好幾杯藥。

白飯再怎麼說也不能算是剛煮好，所以佐助將熱水倒進飯碗裡，做成湯泡飯。通常早上是由佐助爲一太郎備膳伺候，中午則是仁吉，若是身體不錯而到店頭來，大抵都和阿妙一起用餐。

還眞是奢侈啊……

如同少當家所想，一早的餐檯上就擺了煎蛋或魚乾等配菜。醃漬小菜、河蜆味噌湯，甚至連醋拌三絲都有。再過一個時辰就是中午，這樣的餐點稍嫌過量了。

儘管如此也沒有立場嫌東嫌西，一太郎拖拖拉拉地，好不容易才硬吞下一碗飯。一般成人一早就灌下四碗湯泡飯也非難事；因此，對自己無法將碗遞出、說聲「再來一碗」，一太郎非常引以爲恥。餐點用畢後，佐助大概已經習慣，什麼也沒說，端起還剩了不少飯菜的餐檯離開，去做船運商行的家丁該做的工作了。

平常，少當家都是在這邊先和母親打過招呼後，便往藥材批發鋪長崎屋那兒去。但是，今天老闆娘把兒子拉住：

「早上開店沒多久，日限師傅就帶著兩個跟班徒弟，急忙往日本橋的方向趕去。你知道這件事嗎？」

「不，還沒聽說……」

一太郎重新回到母親面前坐好。捕快一早就往北邊趕去的話，說不定是因爲昨天愈害的那名看似工匠之可憐男子，被人發現了。

所謂日限師傅，指的就是在通町一帶巡邏的捕快清七。因爲他就住在通一丁目西邊入口的西河岸町，離日限地藏很近，所以這個別號大家一聽便能會意。

有查到行凶者是誰的線索嗎？

少當家的心思全放在那名凶手身上。但母親則是操心別的。

「聽說是有人被殺了哪。害我忍不住要抓住仁吉，問你是不是好好睡在房裡呢。因爲一太郎你昨晚不是跑到外頭去了嗎？」

「娘……！您知道呀？」

一太郎朝母親露出驚愕的眼神。這並不是仁吉他們去告狀，而是她身爲母親慣有的敏銳洞悉力。

「連月光都沒有的晚上，到底是去哪兒啦？你身子骨虛弱，不自個兒多留意點的話，爲娘的是怎麼也操心不完啊。」

一看到阿妙邊拿撥火鉗翻攪長火盆裡的炭灰、邊說著這些話的同時，眼中也漸漸浮出淚水，一太郎慌了起來。

「因爲從來不曾在夜裡出門過嘛，忍不住就……是我不對，娘，不要擺出這副表情嘛。師傅去辦的那件案子，怎麼可能會是我被殺嘛。」

「當然不是啊。要眞是你遇害，爲娘的我也不想活了……」

結果光是爲了安撫阿妙，就拖到四時半，一太郎最後只能用些無關痛癢的話不斷道歉，心中卻是思緒如麻。爲了掩飾心事不讓眼前的母親發現，可是費了好大一番功夫。

爲何要每天每天都這樣操心呢？乾脆讓這孩子跟他哥哥一起走還比較輕鬆——不知爹娘是否也曾這樣想過……

雖然今天是活下來了，卻彷彿只是讓不安逐增的每一日勉強延續至明天，再無奈地繼續下去。每年只要不病臥在床、別病到徘徊生死邊緣而引起騷動，雙親便能鬆了口氣。

不過他們的愛操心，可沒辦法像肥皂泡泡般，能說消失就消失……

已經累到連胃都痛了起來，心裡會不會已經開始覺得不耐煩了呢？

乾脆讓他死掉算了……

就算他們會這麼想，也是人之常情吧。

曾經因爲很想知道雙親是否這麼想，而望著雙親。

但他知道，這種問題再怎樣也不能說出口，所以只能保持沉默。

三、

長崎屋擁有江戶十組運輸聯盟③的股份，是船運貿易的大行號。

位在從日本橋南面往通町方向的京橋附近，店面有十間之寬，以棧瓦屋頂和漆塗壁

③江戶時代在江戶地區的合股經營組織，專營江戶及大阪之間的貨運。從前船主和貨主之間，常因貨物處理或海難造成的損失而引起紛爭，為能公平協調並制定行規，而創建這樣的組織。十組指的是分成十大類的各式貨品，皆為民生必需品。

建造而成，二層樓高且防火。在十組聯盟裡唯一獲准接洽從大阪來的船貨，本身也擁有三艘菱垣迴船④；旗下還有爲數眾多、稱爲「茶舟」的小船，從大阪來的菱垣迴船或樽迴船⑤抵達品川灣頭時，便由這些小船負責分裝、運輸回港。

在長崎屋工作的人裡，總管之下連同家丁、童僕、女傭和打雜的下人，合計也僅有三十人，其中還有八名人力配屬在新開張的藥鋪之下。

不過，船夫人數卻遠遠超過在店裡幫傭的人數，長崎屋的生意相當興隆。船夫們不會全部一起到店裡，也不會一直都在店內。一太郎尚不曾幫忙管理船運生意，確實無法清楚知曉和店裡有關的人員數。貨物從迴船分裝到茶舟後，便直接運到各個集散河岸或貨主的倉庫去，從長崎屋直接進出的貨量其實並不多。

另一個長崎屋，也就是做藥材批發零售的藥鋪長崎屋，在船運商行長崎屋東南近街角處，占了一小塊空間。爲了少當家而從各地收集藥材時，發現生意量也增加了，最後便獨立開起藥鋪。原本就是爲了幫兒子養病補身才開始經營，所以價格公道，藥材齊全，品質優良，相當受好評，變成一項不錯的生意。店內推出的湯藥「白冬湯」，在容易傷風的季節服用可保護喉嚨，因此更是聲名遠播。

自從被稱作少當家後，一太郎便開始接管藥鋪這邊的業務。雖說如此，年僅十七的他當然不可能眞的去管理店內一切，藥鋪其實主要還是靠總管忠七和三名家丁經營。

④專門來往江戶、大阪間的貨船。因船身兩舷處設有防止貨物落下的菱紋竹編網，因而得名。

⑤專門運送酒類貨品的貨運船。

「少當家，早啊。」

一太郎將近中午才會出現，大家都已習以爲常，一點也不驚訝。

「早安。今天身體好嗎？」

「嗯，早。我很好啊。」

這裡也一樣，那股小心翼翼的態度，排山倒海朝他兜頭降下，讓他感到十分疲累。今天店裡還多了常來幫忙看病的醫師源信和他帶來的跟班。想說該去打聲招呼而靠了過去，源信醫師的手便倏地伸了過來，問也沒問便打開少當家的嘴巴，檢查他的喉嚨是否紅腫。

「大夫，我沒感冒啦。」

一太郎慌忙退後，氣鼓了雙頰，但不管是源信醫師還是一旁的仁吉，都絲毫不在意少當家的心情。這種程度的診察，醫師當然不會收費，而這時仁吉就會悄悄在源信購買的藥材裡多放一點。因此源信才會這麼勤於關注少當家的狀況。

但一太郎對此卻厭惡至極。他一逃進店鋪左後方的櫃檯，源信便笑著說：「今天好像沒什麼問題。」接著就回去了。

櫃檯裡，總管忠七雖然會把帳簿交給他過目，但該拿算盤計算的工作已全由忠七做完了，沒有他能插手之處。少當家朝店內四處張望，看看有沒有什麼事幫得上忙。

藥鋪店面約有三間寬，在晚上就變成人行便道的屋簷下，鋪設有寬廣的榻榻米高臺來代替泥土地板，高度正好可以讓人坐下來。一進門的右手邊排列大型壁櫃，抽屜和歷史久遠的瓶子裡裝著各式各樣的藥材。擺在正中央的屏風內側，仁吉經常在那兒用小秤調配藥方。旁邊正有個童子用碾船磨碎草藥。

長崎屋除了貨運，亦兼營零售買賣，因此店鋪最前頭也放有小袋裝的凍傷或跌打膏藥。右邊的長火盆旁堆著一些藥罐，裡頭裝著對喉嚨或傷風有益的白冬湯，店裡的童子正朝一名路過的老人推薦湯藥。

「吶，你在磨什麼呀？」

剛好趁著仁吉不在秤前，一太郎坐到調藥的桌子前，朝旁邊的童子探問。「我在磨當藥⑥。」從這回答和桌上備好的其他草藥來看，就知道仁吉正準備製作知名的胃藥「健命丸」。這種藥雖然非常有效，但其味之苦無出其右，苦到讓嘴角都歪了。

「那今天就讓我來做吧。」

說完便興高采烈地開始使用天秤。但是，連第一帖藥的份量都還沒秤完，仁吉便衝了過來，將秤錘從少當家手上給拿走。

「少當家，這種事讓我來做就行了……」

「沒關係嘛，仁吉，我會認眞做的。我對藥材很熟，你也知道的，不是嗎？」

⑥當藥，せんぶり（千振），龍膽科，學名Swertia japonica，一至二年生草，原產地為日本，秋季開花。全株性寒味苦，有健胃之效。

「問題不在這裡。目前並不急著作健命丸，少當家可別累到了，請您還是休息休息吧。」

話一說完，仁吉就把一太郎從桌旁趕開。既然如此，那就到比較閒的白冬湯那兒去好了。在童子說出「這邊交給我看著就行了」之前，仁吉早已過來把少當家拉走。

「要是讓藥罐裡的熱湯潑到，可是會嚴重燙傷。請您別靠近。」

「我才沒那麼不小心哩。這種工作連童子都能做不是嗎？」

「不可以！」

這下還眞不知道誰才是主子了。就因爲是妖怪才敢這樣目中無人，一太郎氣得鼓起腮幫子，坐到櫃檯裡。這時從外頭傳來人聲：

「哎呀，少當家，怎麼一臉不高興啊？」

「日限師傅！」

仁吉發出像是鬆了口氣的聲音，上前迎接捕快。因爲有客造訪便能牽制住少當家，將他從店鋪給拉走。

像是透視玻璃雕花藝品般，少當家一眼就看穿家丁在打什麼主意，覺得眞是掃興極了。一太郎擺出一副不肯輕易就範的姿態。但是，來客既然是日限師傅，總覺得不太妙。他應該已經知道那件凶殺案的事。

「師傅，今早好像有駭人的事發生……」仁吉立刻探問。「消息眞靈通啊。」師傅馬上接話。家丁仁吉連忙小聲說：「這事兒不好在店面講。」連聲招待師傅到店後頭，接著便同少當家說：「麻煩您陪師傅大人談談嘍。」

根本就是命令。唯獨在這節骨眼上，一太郎是怎麼也不想聽從仁吉，所以故意裝作沒聽到。

至少在從一數到十的短時間裡，都不想理他……

但是仁吉早就為了準備茶點而跑得不見人影，就算擺出一張臭臉也沒人看。況且自己也很想知道那名殺人犯是誰？看似工匠的男子是誰？為什麼會落到要殺人呢？在那樣的黑暗中殺人，自己不覺得很害怕嗎？

結果他還是站起身，到面對後院、招待訪客專用的房間去。那是約六疊大的邊間，打開紙糊窗便可望見老茶花樹。一進房，捕快清七正感動地望著屏風上以水墨描繪的貓。

「眞不愧是長崎屋，連屏風畫都不一樣呢，好精緻啊。」

聽到師傅這麼說，不知打哪時冒出來的仁吉，捧著茶和點心盤笑了起來。

「日限師傅，那是少當家親手畫的。」

「是這樣啊？好厲害啊，好像就要動起來似的。」

「因爲除了這種事之外，他們什麼都不讓我做嘛。」

受到誇獎卻還是一臉不快的一太郎，故意賭氣這麼說著，坐上坐墊。看到他這種表情，年近五十的捕快清七翹起嘴角，說：

「這傢伙眞讓人羨慕。眞想在躺進墓堆前，試一次變成這種身分的滋味啊。」

仁吉邊對這樣的談話露出微笑，邊端上茶點，接著就退出房間。少當家催促伸手抓了個茶點的捕快清七說明昨晚的凶殺案。

「這可是椿喋血案件喔。」

清七以這句話起了頭，開始講述早上那件事的來龍去脈。

第三章

木工

一、

「你應該已經聽說是有人被殺了吧。發現的人是住在附近的退隱老人。他似乎每天早上固定去清掃聖堂周圍。信仰如此虔誠，居然會讓他碰見這種事。」

清七一邊講話，一邊津津有味地把豆沙饅頭吃個精光，手中還緊抓住最後一個。甜食和酒很對他的胃口，不過若只能擇一，他寧願選酒。最近手頭沒那麼寬鬆，甜食類比較少碰，因此有人慷慨端出一缽饅頭當作茶點招待，令他十分開心。

「被害的是個叫德兵衛的木匠。因爲身上穿著印有店號的短外褂，所以一下子就知道他的身分。」

「木匠……」

果然是工匠啊……一太郎把這想法硬生生吞回肚子裡。畢竟如今也不能告訴日限師傅，自己曾出現在殺人現場。要是最後被問到爲什麼不馬上向衙門通報，不但會受懷疑，也絕對會遭到徹底盤問。

「被害者是個門下有六名子弟的木工師傅。雖然多少會有些不夠謹慎，不過聽說是個性格直爽、技術高明的木匠。至於爲什麼會被殺，目前爲止還沒有什麼線索。」

「是不是個性好賭？還是借錢欠債……？」

「我問過聞訊趕來的死者妻子和徒弟，並沒有這些狀況。」

「那是爲了女人爭風吃醋嗎？」

「他看起來不像是會跟這種風流艷事扯上關係的人哩。年紀比我還大，而且長相凶惡，要是讓他爬上屋頂，可能還會把他跟辟邪的鬼瓦給搞混呢。就算頭給切下來後多少和生前長相有差，但可絕對稱不上是美男子。」

「咦……？頭給切下來？」

日限師傅這句話，讓一太郎瞬間無法言語。無論怎麼回想……自己目擊現場時，那可憐的屍體身首是連在一塊兒的。月光下，可以看到衣物被鮮血浸泡濕透的樣子。若是沒有腦袋只有身體，他不可能不會發現。當時頭顱還接在肩膀上，頭部的樣子彷彿正望著右邊的松樹根。

這是怎麼回事？少當家挺直了身子，坐在坐墊上思索起來。

不知是誰在一太郎離開後，於漆黑的夜色中，特地跑到已遭殺害的木匠陳屍處，將頭顱給切下來……

爲什麼要這麼做？

少當家苦思不解，因而沉默不語，弄得日限師傅微微慌了起來。他還以爲是話題太血腥，害得體弱的少當家頭暈目眩了。「師傅，您覺得誰會爲了什麼理由做出這種事呢？」所以他聽到一太郎若無其事地這麼問時，鬆了一口氣，將八丁堀老爺的想法也都說了出來。

雖說把還在調查的案子告訴不相干的人，並不值得稱許，但若是告訴身子孱弱到無法隨意外出的少當家，倒不必擔心消息走漏。從以前到現在，他也講了不少自豪的豐功偉業給喜歡聽聞町內大小事的一太郎聽，卻從來沒因而惹上什麼麻煩。

「巡捕老爺認爲，大概是武士在試刀。雖然傷口不是切得很漂亮，不過也可能是因爲最近刀子比功夫還好的武士比較多吧。」

「是嗎……」

這樣的說法，少當家無法信服。首先，昨晚看到的殺人犯，手持的刀並非武士用的長刀，而是短上許多的短刀，讓人難以聯想會是武士下的手。

「而且木匠師傅留下來把工作做完後，爲什麼會到聖堂前那種地方去呢？不管是他正在施工的工地還是住所，都不是在那個方向哪。」

「難道是去跟某人碰面後的回程……？」

少當家說。但日限師傅看來並不同意這種說法。

「木匠師傅可說是在日本橋一帶、通一丁目周邊出生長大的，他老婆則出身於深川地區。兩人都沒理由走到昌平橋另一頭去。不過畢竟是木匠嘛，可能接到過罕去地區的工作，所以認識了別的人也不一定。」

「這事眞不可思議。」

「到目前爲止，的確是啦。」

什麼嘛，你就稍等等吧。很快我就會把事情來龍去脈都告訴你了。

清七的表情和氣息都透露這股言外之意。但一太郎心中只覺得，這事兒眞棘手啊，清七師傅。

「打擾了。」

這時，仁吉端了替換的茶水過來。

「日限師傅，您的手下正吾到店裡來找師傅您了。」

「不好啦，這下坐太久了。」

就在慌忙站起時，仁吉悄悄塞了東西到清七的袖袋裡，讓他眉開眼笑起來。此外又拿出以竹皮包住的豆沙饅頭，足足有十個之多。「這是給府上夫人的一點心意。」仁吉說著，將之交給了師傅。

「哎呀，每次都這樣麻煩您啦。那麼，少當家，我告辭啦。」

連喝口新換茶水的時間也沒有，清七就在家丁恭送下，消失在店前。

看著清七遠去的背影，少當家只推敲出一件事，那就是：從捕快清七大嚼豆沙饅頭的姿態來看，他夫人阿咲的身體應該還沒康復吧。從去年開始發高燒之後，她便一直輾轉病榻。

整體來看，捕快清七的薪俸是入不敷出。要是妻子能幫忙賺點錢，日子也能過得比較輕鬆。聽說日限師傅的夫人阿咲，裁縫手藝相當優秀，曾以此賺了不少錢。

要是有這樣的妻子幫忙，捕快清七不必跟相關人士收取賄賂，就能過日子了。也就是說，阿咲病倒在床，讓日限師傅變得錙銖必較，到處跟人家敲詐勒索，世間對這樣的捕快當然風評不佳。會對他這種行爲不予置評而任他這麼索賄下去，純是因爲清七的地盤在大店聚集的日本橋一帶。

要是有什麼問題，到時還請您務必要關照一下。

和這句話一起塞進袖袋裡的金錢，沉甸甸的重量也與別處有很大的差距。

「日限師傅有說什麼嗎？」

回到房內的仁吉邊收拾點心缽和茶具邊問。

「似乎以爲是武士幹的好事呢。」

仁吉聽到少當家的回答，一邊的眉毛挑高起來。

「昨天不是說過，凶手手上拿的不是長刀嗎？」

一太郎點頭。仁吉看似失望地嘆了口氣，說：

「看來我們若不出手調查，便無法推測凶手下一步會怎麼做，事情會怎麼發展也未可知了。」

此時，佐助自面對後院的長廊上走進房裡。仁吉告將日限師傅的推斷告訴佐助後，回答只有短短的「呿！」一聲。

「眞是沒用的捕快！光只有敲詐最拿手的話，還不如不在的好！」

對妖怪這句毫不客氣的批判，少當家特別叮嚀：「在外頭可千萬別說這種話唷。」

和常人不同的兩名家丁，時常在刹那間與危險擦身而過，因而引人注目。

「我們自有分寸，擔心是多餘的啦。我可是個精明能幹的家丁呢。」

「那麼這位優秀的佐助，有什麼事嗎？眞稀奇啊，大白天就出現在這邊的店面。」

兩人雖然常常一齊隨侍少當家身邊，工作的地方卻不同。仁吉和總管以豐富的藥材知識一同負起經營藥鋪的責任，佐助則以眾人仰慕、孩子王般的氣質來管理眾多船夫，成爲船運商行的支柱。在店裡工作時，彼此通常不太打交道。

「剛才有消息傳來，說是咱們家的船隻常盤號已經抵達品川岸頭。船上就載有上次那件貨物……」

「喔，長崎來的那批貨啊。那何時會送來？」

「據說今晚會到。應該會送到存放藥材的三號倉庫。那批貨還在的時候，大當家希望倉庫鑰匙暫時交由少當家保管，免得要是有哪個童子順勢跑進倉庫看到那批貨，造成騷動可就不好了。」

「我了解了，就這麼辦吧。」

少當家爽快地答應，一旁的仁吉向他投以不安的眼神。一太郎用指頭彈了彈點心盤，發出尖銳的敲擊聲。

仁吉該不會以為，要是讓我拿了比筷子重的東西，就會累死吧。

連問都不用問的笨問題。因為要是問了，回答可能會是「那當然」。

但現實狀況卻是連跟仁吉這樣抬槓的時間也沒有，因為有童子跑來通報，說第一批卸貨的茶舟已經到達京橋附近。直接運到長崎屋來的貨物，多半是藥鋪所需要的。仁吉和佐助跑去船運商行那邊，少當家則回到店裡和總管討論店裡的事。

這麼一來，就算再怎麼在意，這時刻也不是少當家跟兩名家丁去調查凶手的當頭。因為為了生計，每天都被工作給追著跑。

這次進的貨物有讚岐的砂糖、阿波的砂糖、琉球的黑砂糖。其他應該還有鬱金、甘草、木通、大棗等多種藥草類。

船舶靠港後的頭一兩天，藥鋪這邊也會忙得不可開交，人手吃緊。仁吉平日不喜歡讓少當家在自己視線不及之處待太久，但遇到這種日子也無可奈何。

運到長崎屋來的藥材，首先會搬到店鋪後頭一塊面向倉庫的地方，然後在通風良好且寬廣的木地板房間裡一一打開。

貨物在收進倉庫前必須當場確認品質好壞、產地、價格和數量，但這活兒若交給別的家丁，多少會對他們的鑑識力感到不安，因此仁吉得在現場指揮。藥鋪這邊的工作，大抵皆可交由別的家丁處理，不過一說到調配藥劑，還是沒辦法全權委託。總管雖然對數字十分幹練精明，時常翻看帳簿，但原本也是在船運商行那頭做事，最重要的藥材知識，卻是他唯一的弱點。

結果變成得把配藥的事交給少當家，留下總管和童子一名在店裡陪他。其餘人則專心處理船貨。

擁有自家船隻的長崎屋，進貨成本可以壓低。像砂糖一類的商品就有許多私下來自小型點心店的訂單，需從只有數斤的少量貨物中分裝種種不同的份量，再依次配送到一家家店鋪。

少當家也只有在這種時候，才能得償所願坐在漆黑而泛光的天秤前，若沒有較大的訂單進來，也沒事可以給他忙。沒辦法，只好拿剛才用碾船磨好的當藥，在屏風後的桌子調製健命丸來打發時間。不過，正因愛操心的妖怪們不在身邊，拜此所賜，一太郎才能做這件事。

捏成一團的紙片，還保持昨天放進懷裡時的樣子。他將紙團扔進火盆裡，燒成了灰。

二、

日落後，店鋪將窗板關上。

五時過沒多久，船運商行靠京橋那面，側後方的便門裡，浮現兩盞燈火。家丁們拿著的燭燈雖然只有小小的火光，但今晚月光明亮，在早已熟悉的店內庭院中活動起來，一點也不覺礙事。跟在兩人後頭的少當家，很在意似地側耳細聽土牆外的動靜，卻還沒聽到有人走近的腳步聲。

「好像還沒來。」

「應該馬上就到了吧。話說回來，少當家，那件貨物都已經要送來了，大老闆晚飯後卻不知跑到哪裡去了？」

「他去參加和歌聚會啦。就是有許多大店鋪老闆都會參加的那個聚會。」

回答的人是佐助。

「雖然是很珍貴的貨，不過也不是第一次進貨，應該不必擔心吧。更何況那聚會上

①衣袖較長的和服，過去多為二十歲成人儀式前的男女所穿著，近代則為未婚年輕女性的傳統禮服。

的閒言蜚語，可是相當重要的消息來源呢。」

和歌聚會、圍棋聚會、祭典的準備說明會，在這些集會裡有各式各樣的交涉疏通，還有珍貴的傳聞……好比說，偷偷互相告知逐漸衰敗的店家。要是店鋪倒了，帳款也收不回來了，所以非得預先防範不可。對各店的老闆來說，這看似玩樂的往來應酬，也是工作重要的一環。

「好啊，眞是好啊。愚僧也想試試如此風雅的交際往來。要是還附上美酒和鮮魚，那就更棒了。」

「我比較喜歡甜點。少當家，身上有沒有一個豆沙饅頭可以分我呀？」

便門另一邊傳來贊同佐助意見的對談。仁吉立刻以銳利的聲音道：「是誰？」

「我啦，是我啊。」對方悠哉悠哉地回答。

仁吉似乎光依此言便已知來者是誰，將門打開來。

夜色裡立著兩個人影。一個是身形矮小、身著破爛僧衣的窮酸和尚，一個是穿著刺繡華美艷麗的振袖和服①、侍童風貌的美少年；這種組合，怎麼看都覺得不登對。

「原來是野寺坊②和獺③。居然在路上還有往來行人的時候現身，眞是大膽。」

一聽從門口探出頭去的少當家這麼說，野寺坊回他：「以人形現身，應該無所謂吧。」

②「坊」在日文中是指和尚。野寺坊為經常出現在古舊破敗的寺廟中，身著襤褸僧袍的人形妖怪。寺廟住持臨終前若因寺廟無人繼承而煩憂勞累，死後煩惱的心情便會幻化為野寺坊。傳說若在荒廢古寺中遇到野寺坊，會被剃成光頭、挖出雙眼，但只要出聲唸誦佛經，野寺坊便立刻消失。

③住在河川中的水獺妖。喜食魚鮮，除了偶爾偷吃東西、幻化為美少女或美少年對人惡作劇，並無大害。

乍看之下的確看不出是妖怪。但若是活人，這種夜裡顯得特別醒目的搭檔，更讓人覺得其中必定有異。

「什麼事呀？馬上就有貨要送來了，沒空跟你們站著聊天。」

仁吉的話讓野寺坊笑了起來。

「如果你說的是那件奇妙的東西，現在還在水上喔。而且我馬上就講完了。是有關少當家遭襲擊的那件事唷。叫我們這些妖怪去找線索的，不就是你們嗎？」

三人趕緊讓野寺坊他們進到牆內。

「已經知道被殺的男人叫什麼名字了。是木匠德兵衛。師傅級的唷。」

他們站在從長崎屋店面那裡無法清楚看見、一號倉庫和土牆間的陰暗處；對於野寺坊自豪地說出的情報，佐助的反應只有淡淡一句：「沒別的了嗎？」

「什麼嘛，不滿意嗎？我們可是大白天就跑去向人打探消息了哩……」

「這些消息，日限師傅白天已經講過啦。早就知道了。」

「那，死者不喜歡跟人家借錢的事也說了？跟女人無關的事也說了？」

「有沒有別的消息啊？」

仁吉朝著這對轉頭互望的稀奇搭檔嘆了口氣。少當家從袖裡拿出甜點，遞給一臉難堪失措的妖怪。

「要是還探聽到什麼消息，要來通知我們喔。今天因爲還在忙著工作，所以只能用這麼點東西聊表謝意。」

紙袋裡裝的是五顏六色的糖果和花林糖④。拿到謝禮的兩個妖怪樂得眉開眼笑，家丁們則皺起眉頭。

「少當家，正餐前就吃這種東西，會吃不下飯喔。」

「您不是說過糖果又硬又會刮舌頭，所以不喜歡吃嗎？」

家丁左右連發的抱怨，讓一太郎歪了歪頭。

「你們在說什麼？這些東西不就是你們買來給我的嗎？一下說給我當點心，一下說對喉嚨好……」

「咦……是這樣嗎？」

聽到家丁們裝傻的回答，喜愛幻化成華麗外貌的獺，用繡有大朵花樣的袖口遮住嘴巴，笑出聲來。

「不管是誰都會有健忘的時候啊。被殺的木匠師傅也曾搞丟一件木工工具，生前一直在思索到底是被偷了，還是自己扔到哪兒去了呢。」

「這是什麼時候的事？」

「工作用的工具不見了可是件大事啊。有打聽到是什麼樣的工具嗎？」

④用糯米粉或麵粉加上蛋和砂糖混拌後，切成細長條狀下鍋油炸，再裹上黑糖蜜或糖粉的傳統日本甜點。

突然間讓兩個家丁追著問，擁有美少年外貌的妖怪以雙手抱住腦袋瓜，努力回想。

「好像不是很久之前……不過工具不見的確切日期，木匠師傅似乎也不很清楚。當然，弄丟的是什麼工具，他應該心裡有數。但木匠師傅並沒有告訴旁人掉了什麼，所以現在也沒人知道了。大概是覺得身為木匠還把生財工具給搞丟，實在太丟臉，所以才不張揚吧。」

「說這是什麼傻話？去看看他留下來的工具箱，不就知道掉了什麼嗎？」

對少當家的話點頭表示贊同的，只有兩名家丁而已。

「哎呀？方才沒提到過嗎？木匠師傅被殺的當天，是從施工地點直接前往聖堂前，工具應該也帶在身上才對。但是腦袋給人切下來後，卻沒看到工具箱。」

美少年說完，野寺坊又接著說：

「木工工具是整箱給偷走了。不知是凶手拿走的，還是之後誰來偷走的。唉唉，那個木匠連頭都讓人砍下來了，他老婆應該也已經嚇得沒辦法聯想到木工工具的事了吧。那種東西，沒有人會特別去注意啦。」

少當家與兩名家丁互望了望。

「這事為什麼不先講呢？這種專家級的木工工具若是讓凶手拿去，不可能是自己使用，會拿到某處去變賣也說不定啊。」

「只要問問收購的店家就能知道凶手的身材、長相，甚至年紀。現在立刻去追查那組木工工具吧。」

望著趁勢提出追查意見的家丁們，不登對的二人搭檔歪著頭表示不解。

「說要追查……但要怎麼做呢？」

「到每間五金雜貨鋪去問，或去收購二手貨的店裡找。」

「喔喔，就這麼辦。」

也許是因爲妖怪和人類的五感相異，因此有時談話會沒有交集。少當家正想開口提醒家丁們，以後最好把吩咐講得清楚些，聽到外頭傳來刻意壓低的人聲。

「好像是那批貨送來了。」

「我們就此告辭……」

妖怪們的身影消失在倉庫旁的黑暗中，這時傳來連續叩了三次便門的堅硬敲擊聲。

「佐助，我是權八。」

隨著這句話將門打開，在夜色中響起了木頭低沉的磨軋聲。看似大型保管箱的箱子堆在木板上，由四名船夫搬進院子裡。一行人就這麼跟著領路的仁吉他們手上的火光，經過隨著夜風輕輕搖曳的楓樹下的稻荷祠堂。穿過後院，前方的巨大黑影就是稱作藥材倉的三號倉庫。

仁吉拿著少當家交給他的鑰匙，將牢靠的鐵製門鎖打開。倉庫裡就像伸手不見五指的暗夜般，漆黑得連光線都無法穿透。四名船夫一進倉庫，便將木箱連板子一起放在泥土地板上。貨物體積很大但不怎麼重，所以他們的動作也十分靈巧。

「好了，那我們走嘍。」

船夫的任務似乎到此已告一段落，朝少當家鞠了個躬後，就回頭離開。

「啊，請等一下。」

權八的肩膀被「碰」地拍了一下。回頭一看，少當家這次手裡攏的是金平糖⑤。

「這是要請各位吃的。」

接過紙袋往裡一看，年近五十的權八也忍不住喜逐顏開。在四人遠去的腳步聲裡，還交雜著咬碎砂糖點心的小小喀哩聲。

「您袖子裡到底還藏了多少個甜點紙袋呀？」

一聽倉庫裡的佐助這麼問，少當家便笑著拿出另一個紙袋給他們看。裡頭裝的是相當細碎的黑砂糖。

「金平糖是爹買給我的。這袋黑砂糖則是娘說對身體不錯，買來給我吃的。」

買給他的甜食多到可以堆成山，也難怪附近有人傳言說，長崎屋的少當家現在已經變成砂糖蜜餞了。兩個家丁互看一眼，聳了聳肩，露出苦笑。

⑤以砂糖為原料所製成，表面有許多角狀突起，約一公分大小的糖球。臺灣俗稱為星星糖。

佐助從倉庫門口探頭出去，確認船夫們的身影已經消失在便門外。叫鳴家去把門由內關上後，家丁們收拾起鋪放在倉庫右後方的竹蓆，地面上便出現一個裝有鐵製把手的門。像海運用的防水保管箱一樣，四邊鑲嵌有精緻的鐵製花紋。

隨著沉重的壓軋聲，佐助將地上的門板拉了開來，露出約半張榻榻米大小的四方形門穴。通往下方的階梯，一半以下都被黑暗給吞噬。

少當家舉起手上的燭火，率先走進地下室。白皙的腳板踩在階梯上，清楚傳來嘰嘰的壓軋聲。兩名家丁一前一後抬著堆有貨箱的木板一端，愼重地跟在少當家後面。

樓梯約有二十階以上，底端是一塊約十疊大的泥土空地。雖然手中唯一的燭光已爲這平常都是幽暗一片的空間帶來光亮，但燭光還是照不到角落的幾箱行李或抽屜櫃之類，所以看不清裡頭。走下階梯後的盡頭處，有只比他們搬來的保管箱還要大上兩倍的木箱，他們將搬下來的貨物擺在這只木箱上頭。

「確認一下內容。」

佐助迅速撕去箱上的封條，將蓋子放到一旁。站在旁邊的仁吉很快將其中的包裹打開。沙沙作響地剝開數層深褐色的紙後，他的手瞬間停住，接著從裡頭抓出了某種東西。

「嗚哇！」

突然有個像是乾皺猴臉般的東西推到眼前，嚇了佐助好大一跳。

微暗之下，眼前所見之物的確有眼睛、鼻子和嘴巴。但稱作眼睛的地方卻像是兩個黑黑的洞，嘴巴也像正無聲吶喊似地微微張開。

「這是……」

仔細再看，就像是用老木頭雕成的木像一樣，看來相當堅硬。大小也比個子嬌小的少當家還要再小個兩圈。

將燭火舉到頭旁的少當家垂了垂眼，向仁吉點頭確認。

「看起來就是這個沒錯了。」

「的確是木乃伊。」

往生者的手、腳、身體、頭。

這被視爲一種珍奇的長壽不老妙藥。因爲人們相信若能吃下即身成佛者的身體，便能將其力量納爲己有。

雖是一種藥材，但把原本曾是人的物品切下來賣，的確是不能張揚的事。所以才要封住大家的嘴巴，如此偷偷摸摸地搬進倉庫的地下室裡。在幽暗之中看起來就像木雕一樣，但臉上表情生動，十分驚人。不過仁吉就算看到如此詭譎迴異之物，神色依舊毫不動搖。

「跟上次進的貨沒有什麼不同……嗯，狀況看起來還不錯。」

看到仁吉微笑的表情，佐助咬著嘴唇，低低悶哼了一聲。兩人在檢查顏色變得跟木頭或泥土沒兩樣的乾癟木乃伊，這情景在佐助看來覺得十分噁心，因而往後退了一步。對這名家丁來說，想吃下這種東西的碎片以求長生不老的人類，遠比妖怪來得可怕多了。

「問題是，吃下這種東西眞的能長生不老嗎？」

「別問我吧，這是買這種東西的人們說的啊。」

「明明自己在賣這種東西，還說不知道？少當家，這傢伙還眞過分。這東西很貴吧？」

「一回的量是一小片，要七十文銀，約等於一兩⑥。換成米的話，可以買一百升了。」

「這種玩意兒？竟然能賣到這麼高價！」

「眞服了你啦，佐助。這可不是賣這種東西的店鋪員工該說的話哪。」

不知是在笑還是覺得諷刺，少當家露出難以言喻的表情。黑暗中，燭光在他的臉上晃動搖曳。

「人人渴望得到的東西，會是些什麼呢？若因得不到而煩惱加深，爲此投入再多的

⑥江戶時代的貨幣分三種單位：金、銀、錢，一兩金等於六十文銀等於四千文錢。

金錢也不可惜。我們的慾望眞是無窮盡啊……」

「明明每年一到除夕就有鐘聲幫忙除掉一百零八件煩惱，不過因爲慾望無窮，所以才會煩惱不完啊。」

仁吉帶著笑容，邊說邊將木乃伊重新包好。從遙遠異國運送而來的這品妙藥，很少有機會進貨，而且就算價錢昂貴，一旦店裡有貨的消息傳了開來，不到一年就能售罄。

「不過，哎，木乃伊畢竟不是可以公然販賣之物，得暫時多費心一下了。當然，能早點賣完也早點了事啦。」

隨著少當家的嘮叨，保管箱的蓋子也蓋了起來。走上階梯後，一太郎才鬆了口氣嘆出聲來。三個人將倉庫門鎖上後，今日工作才告一段落，接著便很快回到別館。

不只是少當家，兩名家丁的臥房也在別館的一角。如此一來，就算夜裡萬一一太郎的健康又惡化，也能隨傳隨到。在平常睡覺的寢室鋪好墊被，再蓋上一層棉被，佐助邊準備讓少當家就寢，邊朝一旁的搭檔問：

「仁吉，剛才那件妙藥，說是長生不老的靈藥呀？」

「正是如此。」

「那麼，之前進這種貨時，有給少當家吃嗎？」

藥是由仁吉負責。佐助不記得聽過讓少當家吃下珍貴木乃伊藥材的事。對於佐助的提問，正動手整理無蓋衣物淺箱的仁吉，以平淡的口吻回答：

「當然不會做這種蠢事。讓他吃人蔘還比較有效呢。」

「喔，說的也是。」

佐助這才露出了明白的表情，迅速幫少當家穿好柔軟的棉質睡衣。

一太郎今天難得一躺下就立刻覺得睏。兩名妖怪家丁滿意地看著他的樣子，無聲地關上紙糊拉門，退了下去。

發生那件凶殺案後，仁吉他們一聽到我要外出就沒好臉色……不過明天非得到榮吉那兒去不可。

剩下他一人後，一太郎便開始在腦中快速盤算明天的計畫。睡著之前，還有許多事要思考。

好比說到三春屋一趟。木匠的工具箱。木乃伊。親人的事……

要思考的事還眞多……但是，雖然也只是比平常稍微忙碌而已，卻還是在轉眼之間就被睡意給包圍。他心想：眞是太沒用了，現在也還沒多晚……

之後就什麼也記不得了。

三、

「少當家，好久不見啦，還以爲你又發燒生病了呢。」

「榮吉，來打聲招呼的。我又不是一整年都得躺在床上。」

「這倒也是。」

吃完和平常一樣晚的早膳後，一太郎便到鄰接藥鋪北面的三春屋去了。從通町的大路打橫向走去，在約有三間寬的道路邊上，有排面對馬路的長屋，三春屋就在其中一間。雖說一要出門，仁吉和佐助就拉下臉，但不過是去個三春屋，從便門出去，路途不到十步。只要說想去三春屋，就算是愛操心的娘親，也不會不准。

「你現在做的是什麼呀？」

少當家從寬約一間半的店面門口朝正後方作坊裡的兒時玩伴發問，原來榮吉在做大福麻糬。

一點都沒變，還是做得好差。大小不一，麻糬皮的厚度也都不一樣啦。

一太郎心裡雖這麼想，卻沒說出口，還一口氣點了三個。一個拿給陪同的童子（就算是這麼近的店，仁吉也吩咐要童子陪他一道過來），打發他回長崎屋去。另一個則拿給眼尖發現少當家的身影而靠過來的妖物。這妖物雖然是個大光頭，但要自稱爲僧侶，穿著又顯得太過隨便。少當家將最後一個邊往自己嘴裡送，一邊毫不客氣地進到店鋪後頭去。

「哎呀，少當家，歡迎歡迎。」

「我去幫您泡茶。」

三春屋老闆夫婦一邊對他露出笑容，一邊將要送去某處的豆沙饅頭裝箱，老么阿春正動手將茶壺裡的茶葉換新，準備沖一壺新茶。阿春今年十五歲，是惹人憐愛的三春屋招牌姑娘。

對總是臥病，幾乎沒有玩伴的一太郎來說，大他一歲的榮吉是重要的童年玩伴，而三春屋也是他可以經常毫無顧忌往來進出的第二個家。他一副熟門熟路地進到後面的房裡，在位於老闆夫婦旁邊、附近堆有許多抽屜櫃的長火盆旁坐了下去。以端上來的茶水把大福麻糬送進肚子後，將童子幫忙拿來的一斤上等白糖遞給三春屋夫婦。

「這是昨天送來的貨，想說這東西不錯，至少拿來給三春屋試用一次看看。」

「不好意思啊，每次都麻煩您。」

老闆娘阿岑，一臉微笑而又恭敬地收下東西。

三春屋不過是間路旁小店，和通町大店長崎屋相比，規模天差地遠。若是平常，彼此不可能有親密的往來關係。只靠孩提時代的情誼而建立的緣分，就能和販賣砂糖的藥材批發商建立關係，對販售甜點的三春屋而言，是相當慶幸的事。

但是這兩人是包尿布時就在一起的玩伴，所以現在彼此之間並沒什麼好客氣的。看到一太郎帶來的伴手，兩手沾滿麵粉做著大福麻糬的榮吉便表示想做羊羹。少當家聽他這麼說，十分冷淡地回答：

「榮吉，算了吧，這可是讚岐來的高級貨，上等白糖喔。」

「所以才想做做看啊。」

「可是，上回你做的羊羹，用竹籤一插就從旁邊碎掉，根本不能吃。這樣太浪費了。」

「這次會做得很好啦！」

「還是別做吧。我們店裡已經沒有可以浪費高級砂糖的餘裕了呢。」

兩人的你來我往，因三春屋老闆多喜次這句話而畫下句點。多喜次將點心盒用黃褐色包袱巾包好，說：「少當家，我還有東西要送，先失陪一下。」走出房間的多喜次，映入眼簾的是兒子那張不滿的臉。看到排列在工作臺上木箱裡的大福麻糬，點心店老闆不禁深深嘆了口氣。

「榮吉，你想用高級砂糖做東西之前，不是至少要學會一個人把大福麻糬做好嗎？」

「我不是做得很好嗎？」

「就是因爲覺得這種敷衍了事的東西也沒問題，才會一直沒進步。聽好了，榮吉，我們家可不是請得起甜點師傅的店，所以要是老闆自己不會做甜點，店就撐不下去了。」

丟下這些話後，多喜次連兒子的臉都不看一眼，便走出店面。大概是覺得場面尷尬，阿岑連忙走避到廚房，特意去幫榮吉重新沖壺茶的阿春，卻在回來時被阿岑攔住，打發到二樓去了。

一樓只剩兩人獨處，少當家離開長火盆，走到作坊，和兒時玩伴並肩站著。榮吉將裝有點心的木箱放在左側的棚架上，從中特意挑選了一個大福麻糬，放上木盤，擺在店鋪前頭。過了片刻，他站在少當家旁邊，快快不樂地瞪著父親稱爲敷衍了事的大福麻糬。

過了一陣子，響起一聲嘆息。榮吉緩緩探頭往裡頭看，確認阿春和阿岑回來了沒。他把手伸進懷裡，在悄悄伸出的指尖上，夾著一張摺得小小的便條紙。

便條紙甫交到一太郎手上，便順勢輕巧地收進他懷中。兒時玩伴問：「你還要繼續呀？」看到少當家點頭，榮吉又嘆了口氣。

「我是無所謂啦。但調查這個要做什麼？不只瞞著雙親，應該連仁吉他們都蒙在鼓裡吧？」

「仁吉和佐助已經懷疑我有事瞞著他們了。他們可是很敏銳的。」

「別逞強啊。周遭的人會擔心的。像我啊，要是一個月沒看到你，甚至會想你該不會又在瀕臨死亡邊緣呢。」

「你說得眞毒。」

「人只要活著，不順著自己心意走的事兒，可是多得很哪。」

「怎麼搞的？你今天說話的口氣奇妙地充滿了頓悟呢？」

一太郎滿臉驚訝地看著兒時玩伴的當兒，「老闆在嗎？」店門前傳來客人的聲音。一看，原來是常常碰面的菸草鋪退隱老人，他長著山羊般的細長面容，和平常一樣挺直著背脊走路。在將棋同好聚會的日子，便會來買些麻糬點心，是店裡的熟客。

老人的目光停在大福麻糬上，榮吉馬上招呼：「剛做好的唷。」隱居老人眼光朝店裡瞥了瞥，看到老闆不在，猶豫該不該買「剛做好的」麻糬點心。

「老先生，這點心雖是榮吉做的，但豆餡是老闆親手做的喔。」

看到老人迷惑的樣子，一太郎從裡頭出聲說道。但因而嚇著的不是老人，卻是榮吉。

「你怎麼會知道？沒人提過才對呀……」

「因為我剛才吃了一個。」

被這麼一說，榮吉的臉紅了起來。只要吃過一個就能清楚分辨是誰做的，表示榮吉的手藝還不夠成熟。聽到這些話的退隱老人笑了起來，買了十個大福麻糬後便回去了。

榮吉朝客人的背影看了一會兒，把錢扔進錢箱後，回到原處坐了下來。他的視線漸漸落下。眼看目光就要落至地面，再也無處可去時，才小聲吐露：

「昨天，我把一鍋豆餡給煮壞了。」

一太郎轉頭望向身旁的兒時玩伴。榮吉還是低著頭。

「我想試著自己做做看。老爹一開始說火候不夠，接著又嫌水加得不夠……不管怎麼做就是做不好。最後鍋底就燒焦了。焦臭味一冒上來，整鍋豆餡就都不能用了……」

原來這就是今天三春屋老闆語氣嚴厲的原因，的確可以理解。

「我很羨慕一太郎。」

「羨慕我這個可能快死的人？這倒是頭一次聽到。」

「我一直這麼想。只不過我並沒有當面告訴過常常臥病在床、生死未卜的你而已。畢竟這話是不該對病人說的。但是啊……」

說著這話的榮吉，聲音微微顫抖。不知是否已經討厭面對這情形，他別過臉去，背對著店鋪前的點心盤。

「我心裡眞是羨慕得不得了。若是像長崎屋這麼大的店，就算少當家身體虛弱，也不必煩惱。管理店鋪的工作，交給總管或底下的家丁就好。到目前爲止，伯父從來就不曾因爲你沒做事便責罵你吧？」

兒時玩伴的這番話，惹得一太郎發作似地哈哈大笑起來。在長崎屋裡，時常有抱怨衝著他來，不過卻是因爲他想發奮工作。父親、母親、妖怪們，都會急忙將工作從一太郎的指尖前拿走。有時會覺得自己好像什麼都不會做的幼兒，忍不住想向眼前的兒時玩伴吐苦水。其實，若眞要算起他獲允去做的事，和小時候相比，並沒有增加多少。

但是，若把這種想法說出來，一定會像平常大家異口同聲所講的一樣，認爲他是身在福中不知福。畢竟連一太郎自己都如此認定。

不知是該出聲大笑，還是該發發牢騷，都因喉嚨深處仍顫抖不已而無法回話。榮吉似乎也不打算得到他的回應，繼續說了下去：

「年紀還小的時候，每天都好開心。打小時候就是生來繼承這間店的，既不必到別人家工作，身體也很健壯。就算甜點做得不好，爹娘也還不會太在意。他們認爲過了一陣子，我的手藝就會變好。通常都是這樣吧？」

但是，他的技術還是沒法達到專業師傅應有的水準。父母臉上與日漸增的失望，榮吉也都看在眼裡。

裝作開朗活潑、在外結交玩樂的同伴而常常不回家，說不定都只是想逃避製作甜點這件事而已。因爲無法再繼續逃避下去，榮吉現在才會被逼到這步田地。

「連豆餡都做不好，是開不了點心店的。這種事我雖然知道，但別的事我是半樣也不會。那麼，我到底該怎麼辦？」

「沒問題的。反正伯父也還年輕，慢慢學習就好了。」

明知沒什麼安慰效果，一太郎還是這麼說。榮吉的手藝雖然很糟，但似乎並不討厭做點心。否則也只能這麼說：就算繼續練習，榮吉所追尋的道路，絕對會是一座看不見終點的迷宮。一太郎心裡思索著朋友的事，硬是將快嘆出聲來的一口氣給憋了回去。

世間事事的確是沒辦法都盡如人意啊……

少當家將剛才拿到的便條紙，再次悄悄握在手裡。

第四章 殺人凶手

一、

距少當家遭殺人凶手襲擊的那個漆黑夜晚，已經過了七天。

家丁們的心情一天比一天好。想必是因爲殺人凶手可能會對少當家不利的顧慮，已隨著時間流逝而漸漸淡去所致。

木匠的頭竟給人切了下來，這樣的殺人案實在誇張，因此更具話題性。有份瓦版新聞報導此事時，還配上人頭飛了出去這種極度誇大的插畫，佐助也弄了一份來看。上頭不但沒什麼新線索，也表示沒有人目擊殺人現場。

「這可是在澡堂和理髮院裡最時興的話題呢。」

仁吉說這些小道風聲會一個傳一個，所以應該也會傳到凶手那兒去。

那晚和他擦身而過的人，並不打算到衙門去告狀，若凶手能明白這一點，事情就好解決了。這麼一來就沒必要將少當家殺了滅口。因爲不管怎麼想，與其引發新案件，不如放著不管，還比較能確保自身安全。

在一太郎的腦袋裡，仍有些事令他掛意。像是爲何要將死者的頭切下來？或凶手是誰？很多事都讓他十分在意。但是，對妖怪家丁們來說，最重要的就是少當家的安危，別人是死是活，他們一概不感興趣。

一太郎也覺得別再和這件事牽扯太深比較好。但是，如果妖怪們也肯幫忙，就能比一般人更能掌握凶手的動向，獲得的消息應該也會更多吧。

但是……哎……

此時的少當家還有更想做的事。沒有餘暇可以分給殺人案了。

人啊，眞的是很自私自利呢。

切身經歷後，更能明白。他胸中懷抱著輕微的刺痛，將注意力從殺人案上移開。

於是，日子又回到過去習以爲常的每一天。

「上次那藥材的買家已經到了。一太郎，想跟來的話，就拿著燭臺一道過來吧。」

極度嬌寵孩子的父親出現在別館，爲兒子帶來喜訊。別館距離三號倉庫，彷彿就像在眼前一般近，比隔壁的三春屋還要更近，不過只要是賣藥，就算是工作。因爲咳嗽而好幾天不准到店裡的少當家，露出了高興的表情。

買家是經營米糧仲介、兼營抵押放款的升田屋老闆。他在一間面對倉庫的房間的木地板外緣，坐在拿著燭火的仁吉旁。一看到跟在長崎屋老闆後面的一太郎，便起身打招呼：

「這不是少當家嗎？眞是難得。」

人稱金庫裡的錢多到要滿出來的升田屋老闆，長相就像是在木屐上黏了眼睛鼻子，嘴巴旁再加顆痣。從他威武的體型，以及就算對方是武家之人，仍以強硬態度做買賣的手腕，完全看不出他竟是個願意花大把銀子購買長生不老夢想的人。

購買木乃伊的客人，多半都想親眼確認藥材是否爲眞貨。因此在藥材還看得出形狀的時候，都會帶著客人到地下室去。在仁吉帶領下，走進幽暗房間的四人，在只有兩盞燈光可供照明的黑暗中，和乾枯木雕般的藥材面對面。

「喔，就是這個，就是這個！」

確認是木乃伊沒錯後，升田屋老闆欣喜非常，少當家卻把頭別向一邊。

會想確認是眞貨還是假貨，爲何卻不去求証這是不是眞的有效呢……？

仁吉用一把小小的秤，一臉認眞地測量完全無意拿給一太郎服用的藥材。小小一片就值一兩金的東西，升田屋老闆竟一次就要十片。這要是讓平常想跟升田屋借錢卻遭拒的下級武士們看到了，搞不好會毫不猶豫就拔刀相向，想把升田屋老闆給砍成兩半也說不定。一想到此，少當家嘴角微揚。就在這時，背後傳來細微的說話聲：

「哎呀，十兩能換來多久的長壽啊……」

少當家嚇了一跳，回頭探看。在箱子的陰影裡，有個東西露出一張小臉。

是鳴家！

明明有客人在，竟還跑出來，讓少當家慌了手腳。倉庫地下室十分狹小，一出聲便清楚可聞，所以父親他們會聽見。雖然如此，鳴家們卻似乎有話想說，不斷朝少當家搭話。他揮手要鳴家們閉嘴，他們卻還是不肯安靜下來。

有很急的事向您報告啊。

「一太郎，你剛剛說了什麼嗎？」

果然還是被聽到了，一太郎的父親回頭問他。鳴家這種妖怪，雖然很微妙地不常讓人看到，但他們那像是壓軋木頭般的叫聲，連一太郎以外的人也聽得到。

「不，我什麼也……」

爲了掩飾，他慌忙將不肯靜下來的一隻鳴家塞進袖子裡，封住他的嘴。即便如此，別的鳴家卻還是越說越急，結果被急忙走到少當家身邊的仁吉給捏住了嘴角，被逼得只好安靜下來。

嗚噫、呼噫、哎呀呀……

鳴家發出混合抗議與哀號的聲音。這聲音也傳進了升田屋老闆的耳朵。

「剛剛那是少當家的聲音嗎？發生什麼事了？」

那聲音是在這裡的妖怪，不懂得看場合而發出來的，眞是抱歉……這些話當然不能講出來。

「這裡太暗，所以撞到箱子……」

少當家不得已，只好謅了個藉口。地下室很暗，還可以暫時掩飾一下，但鳴家若再繼續胡鬧，可就受不了了。仁吉急忙收拾好木乃伊的保管箱，四人回到陽光之下。鳴家們沒辦法跟到倉庫外頭的太陽光底下來，讓他們暫時得以放心。

「如此難得一見之物，這回可眞是大開眼界。」

大概是閒著沒事幹，這位十兩貴客無意立刻打道回府，反而閒聊起來。他們在前幾天招待捕快清七享用豆沙饅頭的同一間房裡，同樣備好茶點，招待這位客人坐下休息。就算是長崎屋的藤兵衛，面對這位在江戶赫赫有名的大店老闆，似乎也說不出要他請回的話。一太郎也坐到父親身後，聽他們說話。

怪了，明明藥也買好了，還留在這裡不走做什麼……

往待在房間角落的仁吉那邊看，發現他眼裡透著不耐，故意朝另一邊看。從他的樣子看來，升田屋老闆留下不走的用意，少當家心中已有了底。

唔哇，這下大概不妙了。

少當家對離開別館的決定感到有點後悔。父親和升田屋老闆之間看似親睦地交談起來。

「這回眞是買到相當珍貴的東西啊。看來可以延年益壽了。」

「升田屋老闆也眞是的，您就算活到一百歲也還是很勇健的。」

「就算身子骨夠健壯，也還是比不上那些煮食仙鶴而求得長命百歲的貴族啦。不過，我不長壽點可不行，畢竟家裡還有年歲幼小的女兒在嘛。」

此話一出，好像就非得趕緊接上一句：「哎呀，令嬡今年芳齡多少？」不可。不過獨生子才剛過十七歲，就讓年輕女孩這類話題給團團包圍，使得藤兵衛苦笑起來，無言以對。

但是，若不能貫徹這番談話的本意，總是與武士交易買賣的米糧仲介商升田屋老闆是絕對不會善罷干休的。趁著興頭，升田屋老闆自己接著說了起來。

「我家的阿島今年十五歲啦。從我這個當爹的口中講出來可能不太好意思，但眞是個漂亮的孩子啊。也該是考慮嫁到哪戶人家去的年紀了嘛，所以有好多事要操煩呢。」

「女兒年紀輕輕就得決定婚配的對象了。我家的是兒子，這事兒還早呢。」

「將來總是要繼承這個家的，也該決定了吧？」

「他身子還很虛弱。而且年紀也眞的太輕了。」

「這事可以從長計議嘛……」

無視當事人就在現場，讓少當家悄悄嘆了口氣。

眞不可思議，爲什麼會有這麼多店鋪，剛好有女兒、妹妹或姪女，同時都要找夫家呢？

這些女孩也剛好都是個性善良，氣質賢淑。而且不管是哪一位都有嫁妝，也精通某些技藝，也都宣稱是一旦錯過便鐵定懊悔不已的超級美女。

從兩年前開始，這種條件優異的美女出現的消息，便一直不斷冒出來。

一聽到對方是長崎屋繼承人這等來頭，讚美女兒的字眼似乎也特意經過一番誇張渲染。

我要是能活到可以娶老婆的年紀就好嘍……

這時，伴隨著細微聲響，內側的紙糊拉門微微打開了。一個童子笨拙地從門縫露出半邊臉，朝仁吉使了使眼色。家丁低頭行了個禮，走出房間外後又立刻折回，向主人稟告捕快來到店鋪前。

「他說是有事找少當家……」

「這樣啊，別讓他久等了。一太郎，快去吧。」

終於能從無聊的話題中解脫，少當家走出房間後便鬆了口氣。家丁似乎更加忿忿不滿，瞪著關上的紙糊拉門。

「升田屋那傢伙眞是固執得讓人受不了。我可從來沒聽到有人說他家的女兒長得漂亮過。就算是老王賣瓜，也該有點分寸吧。」

「別說了，人家會聽到的。」

「要是稍微像父親，臉一定會長得像木屐的親戚啦。這種長相也想當少當家的媳婦，門都沒有！」

「我要娶媳婦還早呢，你不必講得這麼激動。」

「當然，想成爲長崎屋的媳婦，一定要是江戶第一美人才行。嗯，我們所有人都這麼想。」

「仁吉，你到底有沒有聽我說？」

跟往常一樣，話題莫名其妙地岔開。

少當家一臉筋疲力盡地出現在藥鋪時，捕快清七已經進到櫃檯後面的房內等著了。總管似乎已發覺裡頭的房間有升田屋老闆在，才如此安排。

仁吉似乎已經認定一太郎不須再插手調查這件殺人案，所以對捕快清七的談話已失去興趣，甚至沒陪同少當家一起進到房內。但是只要待在櫃檯裡，和房內只隔了一層紙糊拉門，所有對話都聽得到。只要提供足量的茶點，日限師傅似乎就不會在意談話的場所。今天的茶點是花朵形狀的白餡和菓子，大概是從三春屋買來的，捕快清七邊塞進嘴裡邊說：

「少當家，您剛才有客人對吧？眞是不好意思啊。我只是想繼續講講上次那件木匠被殺的案子，才稍微跑來叨擾一下……」

「幸好你這次能來，我還從來沒有因此這麼高興過呢。」

一太郎對清七露出了誠摯無僞的笑容。因爲他把自己從升田屋老闆那兒給救了出來，所以有種「今天也要準備好多甜點讓日限師傅吃個痛快」的心情。話說回來，今天日限師傅的心情好像也很不錯。很快就開始把少當家想知道的事說了出來。

「上次那件木匠被殺的事，其實那位木匠師傅的木工道具，讓人給偷走了。」

「咦？這樣啊？」

這事已經從妖怪那邊聽說，所以少當家並不驚訝，捕快清七正要接著說時，少當家的袖子啪啪地動了起來。

糟啦，剛才抓了隻鳴家塞進去，就這麼忘啦。

眞是粗心大意。雖然覺得自己做了錯事，但當然不能在清七師傅面前把妖怪放走。用手掌輕輕拍了拍以示安撫後，和服袖子便不動了。

「像鑿子或刨刀這些東西，沒經驗的人是使不來的，所以我覺得凶手把工具偷走後，應該會賣到某處去，便到舊貨店去調查。」

喔，日限師傅的想法和我們一樣。

少當家對面前這位拚命不停把和菓子往嘴裡塞的捕快稍微改觀了。雖被妖怪們批評得一文不值，思路倒是相當清楚。

若要實際著手調查，清七不但是專家，底下又有跟班徒弟，絕對遠比不能隨心所欲離開店裡的少當家會來得更加順利。

「我叫弟子正吾他們到各處的店裡去查過了。凶手的外型也大致清楚了。不過啊，從舊貨店聽到好生奇怪的一件事。」

「奇怪的事？」

少當家將手上的茶杯放下來，歪了歪頭。木工工具又會有什麼怪事？看到少當家興致勃勃的樣子，日限師傅的語氣也激動起來。他探出身子兼揮舞雙手所說出來的內容，一太郎想都沒想過。

「果不其然，那些工具給賣掉了。不過哪，是一件一件分散著賣掉的。」

「啊？在那間店賣掉鐵錘、在這間店賣掉一把鋸子，是這意思嗎？」

「沒錯。這事很玄吧？木匠師傅的工具是整箱給偷走的唷。要賣的話，一次全部賣掉不但比較輕鬆，而且收購價格也比較高。爲什麼凶手會選擇這種變賣法呢……」

「是不是箱子上寫了木匠師傅的名字，就這樣拿去賣的話會有危險，所以才出此下策……」

「就算這樣，也不必這麼多事把工具分散到那麼多間店去賣。因爲連偏遠的店鋪他都跑去了，害得我們到現在找到的工具數量還不到一半。」

若是一次全賣掉倒還好辦，但現在就算是一把鐵槌，都得仔細確認是不是死者木匠師傅的工具，實在很麻煩。

「哇，日限師傅，這可眞是件大工程。太佩服了，要一件一件調查呢。」

「還好啦。畢竟這是我們捕快的職責嘛。」

雖然回答得正經八百，不過少當家這一稱讚，他還是稍稍露出既靦腆又得意的表情。不過，有人聽了這些話卻不覺得有趣。少當家的袖子又開始蠢動起來。

別鬧了！

這次就算小聲叱喝也不肯停止。鳴家好像正用小小的聲音嚷著什麼，一太郎抬起了手腕，裝成正在袖口裡找東西，將耳朵靠過去聽。

不甘心！不甘心啦！這明明是我們先找到的情報！都是因爲少當家不肯早點聽我們說，才會被捕快給搶先的……不甘心啊！

看來妖怪們也得到了有關木工道具的新情報。一定是爲了想頭一個跟一太郎報告，剛剛才會出現在倉庫裡。少當家和仁吉不但硬是不讓他們說話，這下甚至還讓日限師傅給搶先講出來了，所以氣到渾身發抖。

對不起呀！

雖然當下很想以溫柔的語氣告訴妖怪們，說他待會兒再慢慢聽他們講，但是捕快清七就在伸手可及的咫尺之處。所以還是什麼都不能做。

更糟的是，把和菓子嗑個精光的日限師傅，心情大好，又講了起來；少當家爲了壓制住暴跳得益加劇烈的袖子，更是費功夫。

喂，你還不快住手！

「那個去賣工具的人長成啥樣，倒也問過舊貨鋪的老闆們了。不過眞是問不出所以然來。不管是哪家店的人，都以那傢伙長得沒啥特徵的話來開脫。長得不算高，也不算矮。不顯瘦，也不算胖。年紀的話，大概是三十出頭吧。」

少當家有問題想向捕快清七請教，卻忍不住用力緊抱住袖子。捕快清七應該會高興地回答他的問題，但兩人的對談要是更加熱烈，已經在生氣的鳴家保證一定又會胡鬧起來。

捕快清七看到他的動作，歪著頭說：

「少當家，你的手臂怎麼了？」

「不，這個，只是覺得有些癢……」

每次找理由解釋和妖怪有關的事，都令他很頭大。少當家趕快換個話題：

「他的穿著呢？正吾他們既然是在日限師傅的手下做事，當然一定會記得問這件事，我說的沒錯吧？」

「這事兒當然也沒忘記要問嘍。」
看來這是個時機適宜的好問題，清七師傅的鼻子不由得驕傲地朝天花板翹了起來。
「不過，他們的回答還是差不了多少。都說是常見的條紋和服，顏色也很樸素。」
「原來是這樣啊……」
對於日限師傅的回答，少當家看來像在思考著什麼，卻沒答半句。
「算了，那些收購了木工工具但還沒被找到的舊貨店老闆們，說不定會記得些什麼吧，只能耐心多找找了。」
「那眞是辛苦您啦，日限師傅。」
今天的談話大致結束了。日限師傅歇了歇，將茶喝完，就在杯子放回茶壺旁的那一瞬間，仁吉的身影也精準地出現在房內。家丁的嘴上一邊說著感謝今日來訪的客套話，一邊照慣例把一包東西送進日限師傅的袖子裡。捕快清七晃了晃衣袖，確認重量後，便趁勢站了起來。
「下次還要再來唷。」
家丁朝走出店外的捕快所說的這句話，似乎隱含「來讓少當家排解無聊」的意味。平常一太郎聽到，一定會氣鼓了雙頰，朝仁吉抱怨個兩句，不過現在卻不宜這麼做。
袖子裡的妖怪又開始亂動掙扎。要是現在就把鳴家放掉，一定會猝不及防地立刻劈哩啪啦說起話來。在這六疊大的房間裡，任何一點聲音都會傳到店鋪那頭，所以不能把鳴家從袖子裡放出來。

「我到別館那邊去一下！」

少當家朝總管這麼說完，便抱著袖子朝自己的寢室急奔而去。

二、

「所以你就別這麼惱火了嘛。日限師傅都已經起了話頭，總不好叫他別再說下去了，不是嗎？」

從袖子裡拿出來的小鬼，果然漲紅了臉，氣鼓雙頰。難得一見的是，就算少當家向他道歉，他仍然把頭轉開，不予理會。而在倉庫裡甩掉的另外三隻鳴家和其餘鳴家全都蜂擁而出。將周遭團團圍住的小鬼們，從四面八方對少當家抱怨個不停，十疊大的別館裡，氣氛變得相當詭異。

「哎唷，我這不是在聽你們說了嗎？來呀，跟我說嘛。」

這句話似乎不太恰當。情緒愈趨激昂的鳴家們，開始跳到一太郎的膝蓋上。

「已經沒剩下什麼事好說啦。全給日限師傅說光光了。又跟上回一樣，好不容易才查到的消息，半點不剩，全變成他的功勞……」

「我們本來要先講的，都怪少當家不肯聽啦。」

「叫我們去調查的，不就是少當家你嗎！」

鳴家們聲聲責備，一太郎完全無法回嘴。「所以我說是我不好嘛……」他正試圖安撫眾小鬼而這麼嚷著時，突然有個聲音從旁插嘴，嘲諷般的口吻說道：

「少當家畢竟是人嘛。他才不會了解我們的心情呢。」

一太郎往房間角落看去，原來是穿著華麗衣裳的屏風覷，立起單膝，坐在屏風裡朝這邊看。

「屏風覷，連你也生氣了嗎……」

屏風覷這個妖怪，平常就不太好對付，所以情況更加棘手。少當家讓鳴家繼續坐在膝蓋上，朝屏風覷的方向重新坐正。

「我也覺得自己對不起你。拜託你嘛，就原諒我吧。」

「誰叫少當家你淨是幹些對不起人家的事呢。」

從屏風裡滑了出來的妖怪，用他白皙的手搭上少當家的肩膀，抓緊機會纏了上來。

「我們平常也幫了不少忙吧？再多對我們溫柔一些兒，又有何不可呢？」

「我也是這麼覺得唷，眞的。」

「喔？是這樣啊？這還是頭次聽到呢，是眞心的嗎？」
「爲什麼要這樣懷疑我呢？屛風覷。」
「你要眞這麼想，那敢情好，首先就讓我們之後和少當家有同樣的待遇吧。讓我們也能隨心所欲地想吃甜食，就吃甜食。」
邊這麼說著，邊拿暗橘紅漸層圖樣的扇子，在一太郎臉頰上輕輕拍打了一下、兩下、三下。少當家大大嘆了口氣。
這傢伙的個性還眞不是普通的彆扭啊……
但是，目前的場面可不是一聲嘆氣就能解決的。
「你在對少當家做什麼？」
聽到這低沉的聲音而忍不住回頭一看，看到紙糊拉門拉了開來，從中露出不知何時跑來的仁吉的臉。大概是因爲一太郎急忙跑進房間，所以才來看看狀況。從仁吉體內發出來的氣勢，讓鳴家們一齊鼓譟起來。一太郎膝蓋上的那隻鳴家也滾了下來，他身旁的屛風覷則變得全身僵硬。
「仁吉，什麼事也沒有啊！你知道的嘛……」
此話出口仍爲時已晚，屛風覷從少當家身邊飛了出去。他滾到房間一角的書桌旁，按住被毆打的臉頰，蜷曲成一團。透過中庭那側的紙糊拉門照進來的柔和陽光下，屛風妖怪的漂亮衣裳更顯華美。他回瞪仁吉的眼神，讓一太郎想起之前在黑暗中看到的刀刃。

一太郎至今仍完全不知道妖怪們力量的大小排序。但是，至少在長崎屋裡的妖怪當中，還沒有能和仁吉或佐助匹敵的。妖怪和人類不同，個別力量差異非常大。雖然仁吉的外表看起來是和屏風覷難分軒輊的美男子，卻是這一帶的妖怪難以望其項背的高等妖怪。連少當家也知道這一點，長崎屋周遭的妖怪們就更不用說了。

「你也不必這麼用力把人家打飛出去吧？」

一太郎朝家丁表達不滿後，便站起身，想去看一看仍趴伏在地上的付喪神。仁吉卻單手將他的身體給一把攬住，不讓他上前。他的眼光充滿怒火，訴說出不再多揍個幾下不會氣消的意圖。

「這個沒用的東西，竟然敢拿扇子打主子的臉，你是發瘋了嗎？」

「仁吉，我沒有被打啦，只不過是作作樣子……」

少當家試圖勸阻的話語，從仁吉的右耳進，左耳出，消失在牆壁另一邊。仁吉的手臂絲毫沒放鬆，一太郎動都不能動。這名妖怪雖然對少當家寵溺至極，但苗頭不對時，便會把一太郎的話當作耳邊風。

「誰是我主子啦？啊？我是付喪神，我自己就是主子！」

「你說什麼！」
「仁吉！住手！」
一太郎轉身拉住環抱著他的手臂，阻止家丁的行動。這麼一來，應該可以制住怒氣沖天的家丁。但是，背後傳來屛風覷發出的「嗚噢」聲。不知在敲打什麼的撞擊聲和紙門的破裂聲不斷響起。
「怎麼回事？」
回頭一看，不知何時出現的佐助正揮動著拳頭。他半聲不吭，就這樣一拳、兩拳，將屛風覷揍倒在地。
「佐助，你哪時來的？眞是難得，我又沒病倒在床上，大白天你就到寢室來了。」
少當家試著想阻止而朝佐助搭話時，高大壯碩的家丁彎起嘴角，以駭人的表情說：
「是大當家叫我來看看少當家唷。剛才您不是急忙朝別館跑來嗎？所以大當家很擔心。」
這麼說來，父親當時人就在藥鋪裡的房間內，若是打開紙窗或在走廊上送客的話，就會看到經過中庭朝別館去的一太郎了。
狀況已經不太妙了，又偏偏這時派佐助過來，眞是屋漏偏逢連夜雨。要一次阻止氣頭上的兩人，光憑一太郎是辦不到的。

「總之你們兩個先坐下來吧。我有事想聽鳴家說嘛。所以你們現在先靜下來……」

「不行，還沒完呢。」

佐助邊這麼說，邊將手臂高高舉起。屏風闚被抓住手腕而隨之舉起單臂，面孔痛苦得扭曲，發出細微的喘息。

「這傢伙還沒好好反省呢。」

「爲什麼我非得反省不可嘛！」

話還沒說完，佐助已經氣勢凌厲地來回甩了屏風闚兩巴掌。見到佐助這股狠勁，一太郎慌忙想上前阻止，但他一放開家丁的身軀，這回輪到可以自由活動的仁吉開始動作了。

少當家跑到佐助那邊時，背後傳來了小小的破裂聲。

到剛才爲止仍一臉頑劣的屏風闚，表情劇烈地扭曲抽搐。順著妖怪顫抖不已的視線回頭一看，眼前正是仁吉，伸出尖尖的指甲，抓著置於衣架前的屏風一角，作勢要將之撕裂開來。

「這種沒用的東西，最好早點撕爛後扔掉。」

說完，指甲尖端便刺進紙。「嗚啊……」從屏風闚口中發出了碎不成聲的悲鳴。

「就算有用，也還不知道這個付喪神又要對少當家做什麼。沒關係啦，仁吉，就撕爛它，拿去澡堂當柴燒吧。」

一太郎用力咬住下唇。擋不住了。這兩人根本不聽他的話。既讓人著急，又讓人生氣，他常常有這樣的感受，某個疑問也時常伴隨這種感受而來。

「仁吉，你的主人是誰？」

一聽他這麼問，家丁停下正要撕破紙面的手勢。

「當然是少當家您呀。這還用問嗎？」

「我知道你們兩位都對我很好。我也很感謝你們。但是我一點也不覺得我是主人。」

一太郎試著將積壓在心中卻講不出口的事，一股腦說了出來。他們對自己如此珍惜重視，卻還對他們有所怨言，總覺得很不好意思。但是，不管怎麼苦勸都不肯停手的兩人，現在倒是肯安安靜靜地傾聽少當家說話。

「吶，你們是聽誰的命令做事呢？應該不是我爹吧。是過世的爺爺嗎？但爺爺也過世十年以上了，怎麼還會……」

究竟是聽從誰的命令，而開始守護一太郎呢？

爺爺嗎？但是爲什麼妖怪會聽從普通人類的命令呢？

爲什麼妖怪們只特別重視一太郎呢？

他們都說少當家是向稻荷大人求來的孩子，小時候聽到的這些話就跟童話一樣，至今仍無法相信。向神明求願的夫婦何其多，但是之後生下來的孩子，從沒聽過誰身邊有妖怪守護。

「少當家，因爲我們不聽您的話，所以您在鬧脾氣嗎？」

仁吉臉上浮著淺笑，這樣問他。少當家被他壓倒性的氣勢給嚇了一跳，而再仔細一看，發現家丁們的黑眼珠，變得像貓瞳一般又細又長。

眞可怕。這下妖怪的本性不全都表露在外了嗎？

平常這兩人絕對不會露出這副模樣。

難道是非常不想讓我問到這種問題嗎……

少當家眼神無辜地來回望著家丁們，說：

「仁吉，佐助，你們的眼睛好奇怪唷。」

明白地告訴他們後，兩名家丁的表情，變得像是吞了個紙團似的。他們朝對方互望……點了點頭。突然，笑容在妖怪們的臉上綻了開來，高張的怒氣也消散了。眼睛回復到人類的模樣，抓住屏風覷的手鬆了開來，仁吉也將手指從屏風裡抽出。

「無論如何，我們的主人，就是少當家您。」

佐助輕輕嘆了口氣，回過頭去瞪著屏風覷，說：

「因為少當家幫你求情，所以這次就先放過你。快滾回屏風裡去吧。」

屏風鬩喘息不已，沒辦法馬上起身動作。看到他這個樣子，佐助一把抓住付喪神的衣領，硬把他拖到屏風前面去。總算回復原狀的妖怪，故意把臉朝向與平常不同方向的牆壁那邊。仁吉叮囑般地朝屏風的繪畫丟下一句：

「你啊，沒有下次了喔。」

這句話背後的意思，是指下次若再惹惱他們，不管一太郎怎麼說情，都會把他給收拾掉。

同一張嘴巴，竟還能蠻不在乎地說我是他們的主人啊。

家丁們似乎對這一點相當堅持。雖然心中依舊抱有疑問，不過屏風鬩的事總算能告一段落，所以這件事也只能如此落幕了。一太郎坐到置於房間中央的火盆旁，故意大大嘆了一口氣讓兩名家丁聽見。

「對了，我有事情想問問鳴家他們。」

仁吉走到少當家身邊，像是什麼事都沒發生似地，開始沖茶。

「鳴家唷，出來。」

呼喚妖怪們出來。被剛才的騷動給嚇得全身發抖的小鬼們，始終不肯現身。

「滾出來！少當家在叫你們哪！」

坐在一旁的佐助，聲色俱厲地斥喝。這下子從房間角落、西邊、東邊，一下子嘰哩咕嚕地滾出好多小鬼來。

「不不，只要兩三個小鬼就夠了……」

少當家苦笑起來，找出方才爬到他腿上的那隻小鬼，抱了起來。鳴家雖然長相可怖，膽子卻很小。一太郎輕輕拍拍他的背，讓他平靜下來後，便針對殺害木匠之凶手的事，開始詢問。

「你們也是要來告訴我關於把工具賣到舊貨店那人的事吧？」

一太郎朝點著頭的鳴家，繼續發問。

「那麼那人的外貌，有比較詳細的情報嗎？除了穿著樸素、或是隨處可見這種無關緊要的形容外？」

「對喔……」

「舉例來說，舊貨店老闆既然認爲那是極其普通的外型，那麼凶手八成是穿著平民百姓會穿著的和服才對。所以並不是武士，對吧？」

「喔……」

聽到這番話，鳴家陷入沉思。一聽仁吉在旁說：「咦？原來不是藉口，是眞的有事要問小鬼們啊。」一太郎便皺起了眉頭。

「若是平民百姓的穿著，依生活習慣不同，差別也很大吧？雖說和服這種東西，只要到舊衣物鋪指定購買便能得手，所以不能當作有效的線索。但是那些住在長屋的人，衣箱裡的衣物大概也只有兩三件而已。和服可不便宜呢，爲了把工具賣掉，而特地買和服來變裝，怎麼想也不可能。」

此話一出，最感驚訝的就是圍坐在少當家身邊的家丁。

「您怎麼會對這種事如此了解？」

少當家徹頭徹尾是個豪門公子，就算說一太郎比千金大小姐更不食人間煙火好幾倍也不爲過。像長屋這種地方他當然沒住過，甚至連去都沒去過。

「我是聽三春屋的榮吉說的。」

對於仁吉的疑問，少當家這麼回答，家丁們才露出原來如此的表情。隔壁的甜食店一家人，並不是住在面對大街之店鋪後頭的長屋裡，過的生活比少當家所提到的長屋居民要更寬裕些，但生活周遭有許多這樣的平民百姓，所以榮吉的人面也很廣。

「一樣是平民百姓，賣蔬果的人和賣油的人，穿著打扮就不一樣。賣油的小販怕油滴噴濺，多半會套上圍裙。叫賣外郎①的小販，身上會配有牌印，木匠或泥瓦匠之類的工人，穿的則多半是像短外掛一類的上衣，不是嗎？」

這麼說來，的確沒錯；小鬼們個個搖頭晃腦，一定是拚命在回想舊貨鋪老闆說過哪

①ういろう，江戶時代小田原的名產，為一種除口臭的藥，後來也成為一種以米粉和黑砂糖混合蒸製而成的日式甜點，又稱「外郎餅」。

些話吧。但是，不知是因爲鳴家想不起來，還是老闆們壓根兒沒去留意對方的穿著，所以不曾說過相關的話，總之，連一點可供確認的事也沒想出個影兒。

「虧你們剛才還對少當家放刁撒潑個沒完，結果現在卻半點用場也派不上。」

俯視小鬼們的仁吉，話中字字帶刺。鳴家們因爲少當家沒先聽他們說話而抱怨不已，這的確屬實。小小的妖怪，身子完全蜷縮了起來。

唉呀呀……

看小鬼一副可憐樣，少當家伸出手掌摸摸他的頭。鳴家瞇起眼睛，看似舒坦貌。一看到他的樣子，周圍的鳴家個個喊著「我也要、我也要」，爭先恐後爬上一太郎的膝蓋。佐助看到少當家讓小鬼爬了滿身，大喝一聲，將他們驅散：

「你們這些傢伙，少當家想知道的事，都還沒查到不是？還不快去查個清楚！」

鳴家們的身影瞬間消失在房裡。最後，只剩下一太郎和兩名家丁。

沒必要怒罵鳴家他們嘛。

總而言之，方才的騷動總算結束了。一太郎鬆了口氣，啜飮熱茶。

「哎哎哎，眞是累人。明明沒做什麼事，卻忙亂成一團……」

說到這兒才發現：「不妙！」也已遲了一步。把少當家的自言自語全聽進耳裡的仁吉，立刻站起身，開始鋪被。

「別鋪啦，我又沒說我要睡了！」

他的抗議和往常一樣，從家丁們的左耳進，右耳出；佐助也拿出少當家的睡衣，放在無蓋更衣淺箱上，一起拖著過來。

一太郎知道自己正苦著一張臉。好不容易能到店裡去，不過半天，就又被打回成半個病人。他一點也不想躺著，但還是被家丁們從兩邊挾著，換上了睡衣。沒辦法，一太郎只好蓋上棉被。

「太陽都還高高掛著，睡不著啦。」

「您只要躺著就可以了。」

「要我幫忙拿熱開水到枕邊來嗎？躺著看書容易累，所以不建議您這麼做，不過如果您想看……」

對家丁們的殷勤，他只應了一句：「不用了啦。」

可怕的是，一太郎才剛躺下來，竟立刻覺得有股睡意襲來。

不是還不到八時②嗎？真是丟人……

自己的身體真是太沒用了，此時更能深刻領會這一點。真不喜歡這樣的自己。甚至覺得討厭。內心深處，更是有如噴火般地感到羞恥。雖然如此，卻沒辦法從棉被中抬起頭來。

②日本古代時刻名，約等於現今的凌晨兩點或下午兩點。

之後兩名妖怪從他身旁安靜離開並關上紙門的事，一太郎都完全沒有記憶。

三、

在之後兩天裡，鳴家或其他妖怪，都沒來報告新消息。

也許是因爲忙碌，連日限師傅也沒到店裡來。時值八時半，大白天的店鋪卻像開了個洞似地閒得發慌。今天平安起床到店裡來的少當家，在櫃檯後六疊大的房間裡，坐在長火盆旁，一邊咬著大福麻糬，一邊深深嘆氣。

「怎麼了嗎？身體不舒服嗎？」

紙糊拉門立刻打開，仁吉探頭進來看。

「沒事啦，我很好。只是……」

「只是？」

「我吃了大福麻糬後……」

「哽在喉嚨裡了嗎？」

「不是，只是覺得很難吃。」

「這是榮吉做的嗎？」

「正是如此。你怎麼知道？」

仁吉為了忍住笑而咬住下唇。一太郎的眼光從仁吉移到了大福麻糬上，再度嘆了口氣。

一講到難吃就讓人聯想到榮吉，實在是很不妙，但味道真的很糟，所以也莫可奈可。他本人也很在意自己手藝不精進，所以會更努力製做點心，但這味道為什麼會像是煮到變色焦掉的燉豆泥呢？

仁吉手伸進少當家面前的點心缽內，拿起一顆大福麻糬。咬了一口後，也皺起眉頭。他緩緩把麻糬全部移至從胸前取出的懷紙上，抱著這些麻糬離開房間。

「那些大福麻糬要怎麼處理？」

一太郎惶惶不安地試著提問，回答是：「我會拿去給別人吃。」還加了一句：「我再去拿別的點心來給少當家。」

「話說回來，就算故意要做得這麼難吃，也不容易辦到吧。」

從略微敞開的門縫裡，看得到跑出店門前的仁吉，正和碰巧經過的化緣和尚說話。他應該還沒募化到什麼東西吧，仁吉指著大福麻糬問他要不要時，這位滿臉笑容的高大和尚便興高采烈地伸出手來。看來是順利找到人願意吃那些麻糬了。少當家稍稍鬆了口氣，伸手拿起茶杯。

味道這麼糟，我實在沒辦法全部吃完。

即使如此，少當家還是常常購買兒時玩伴做的點心。儘可能幫忙吃。這是給朋友、也是給自己的一種激勵。

他們彼此都有煩惱不完的事。那件事讓少當家和鄰家的兒時玩伴締結了一段同舟共濟的緣分。就算這條船可能是條泥舟……兩人也已經下不了船了。

「客倌，就算您這麼說，還是……」

房間外頭傳來的人聲，讓他回過神，抬起頭來。店前傳來的童子說話聲清晰可聞，音調高亢。把紙糊拉門稍稍打開些，往外一看，爲首的童子正和一名外表窮酸的男子說話。仁吉急忙從店前的馬路跑回來，代爲接待那名客人。

「怎麼了？這麼大聲說話？」

回答家丁問題的，並非被詢問的童子，而是客人。

「這裡有藥吧？特別的藥。讓人添壽的那種。把那賣給俺唷……」

少當家忍不住盯著客人看。仁吉見狀，似乎也十分困惑。

讓人長生不死的藥材——木乃伊，是高價的祕藥。

這名跑來說要買木乃伊的男子，怎麼看都像是平民百姓，一身的穿著更是強烈透露同樣的訊息。從他捲起的衣袖和精壯的身形來看，說不定是個沿街叫賣的小販。臉孔給太陽曬成了淺褐色，圓圓的丸子鼻穩穩端坐在臉孔正中央。從五官來看，應該是個有點脫線而和善、勤奮工作的男子，但不知爲何，散發出來的感覺，竟讓人寒毛直豎。

藥材批發店長崎屋販賣的商品，物美價廉，也兼營一般零賣。店裡會將常見的藥材裝進小袋，排列在店門口就能看到的靠牆棚架上。

但就算這樣，像這種每天工作賺到的錢都還不知買不買得起白米的客人，還是相當少見。就算不是剛進貨的那種昂貴藥材，只要是買藥，還是得付出相當多錢。依照藥材種類不同，可能會讓這名男子整天的工作所得一毛都不剩。更何況站在店門口這名看似叫賣小販的男子，看起來也不像有錢可以買木乃伊。

「客倌，請到這邊來……」

仁吉將那名男子帶到屋內一角。木乃伊確實是種藥材，但也不是能大聲宣揚的東西。

「這個嘛，咱們這間店確實有各式各樣的藥材，不過那種……珍奇的藥材，可是非常昂貴。」

「這個俺知道。」

男子說完，從懷裡掏出一個裝了錢幣的布包。藍染的棉布質地，看起來確實相當沉重，但打開一看，裡頭全是些零錢。要把這些零錢全部數完，不知得花多少時間，仁吉因此皺起了眉頭。

「不夠嗎？還差多少？賣給俺吧，拜託！」

緊緊捏住錢包的男子，聲音中帶著顫抖。看他這麼認眞的樣子，（難道是家裡有人生病了嗎？）總是在看護少當家的家丁，心裡也有些不忍。

「眞沒辦法。總之先數看看這裡有多少錢吧。」

正這麼說時，從店鋪後方六疊大的房裡，對兩人傳來一句：

「仁吉，把客人帶到這邊來。」

紙糊拉門大大敞開，可以看到房內的少當家正表情複雜地面朝店門。神色與平素相異的少當家，讓家丁和總管兩人面面相覷。

四、

「沒錯，有那個味道……把藥拿來，快點拿出來吧。」

來到房內的丸子鼻男子，將布包放在一太郎面前，一副事情才剛說定就急著要對方快點成交的樣子。少當家不去打開布包，只是坐在長火盆旁，看著男子的臉，開始說話：

「客倌，不好意思，請問府上有人生病了嗎？」

少當家一提問，那名完全不看別人的臉、淨是朝房內東張西望的三十多歲男子，才定住視線。

「生病？才沒有呢。怎麼可能會有！大家都很健康。爲什麼問這種事？」

男子的臉色忽地轉爲慍怒。他瞪著少當家，表情擺明是一副被人問到忌諱之事的樣子。

「問我爲什麼……當然是因爲我們是藥鋪啊。家裡有人生病的客人，我們可是看得多了。」

說來的確如此，男子的肩膀透露出他已鬆懈了下來。對著重新坐好的客倌，少當家直截了當地說：

「請恕我這麼說吧，若家裡沒有病人，這藥可以不用買的。」

一太郎這句話，使得客人的視線再度變得狠戾。但這次他沒有說話。

「把錢留著做生意，或是買些營養的東西來吃，還比較實際。」

木乃伊是極其稀少的祕藥。它被誇張地吹噓成萬能靈丹，世人也普遍如此相信。但如果它的效果眞有價錢的一半那麼好，父親和家丁們一定會不惜金錢，大量買進讓一太郎當飯吃。雖然如此，一太郎卻從來也不曾吃過。

總而言之，直接講開來的話，這只是昂貴卻無效的藥材罷了。

來購買的顧客，若是像升田屋老闆那樣腰纏萬貫到連走路都有困難，讓他來藥鋪減輕一點負擔，倒也不是什麼壞事。但是眼前這人，一定是日復一日拚命存著細碎的零錢。想必是過著一碰上連續數日雨天，微薄積蓄轉眼間便會消耗殆盡的生活。少當家實在無法拿無效之物去跟他收取高額金錢。

「那你的意思是說，因爲俺不是有錢人，所以這種高級的東西不賣給俺是嗎？」

他回話的聲音充滿了冷峻。

男子瞪視著一太郎，表情駭人。

看來是對木乃伊相當執著啊……

到底是從誰那裡聽到了什麼話，才會如此想得到這種東西呢？男子帶來的藍染棉布包，被裡頭的錢幣撐得又大又圓。

要是拿這些當本錢，好好做生意，說不定過沒多久就能開間小店鋪了。難道他不這麼想嗎？

總是會有下雨或刮著冷冽寒風的日子。若能不必四處奔波叫賣，要比購買來路不明的藥材還要實際得多。

但是，爲什麼還想買呢？這名男子……

一太郎也不知道該怎麼跟他說。他正滿臉困擾地拿著火鉗翻攪火盆裡的灰燼時，一旁的仁吉插嘴說道：

「少當家，您的意思我了解，但他都已經表示無論如何都要買到，就賣給他吧？」

「仁吉你是指？」

「要是買不到藥，他一定會非常悔恨。而且……」

沒有必要爲了區區一小片木乃伊，讓少當家您招人怨恨吧。

他是指，這名男子若想浪費金錢，我們也沒必要阻止嗎？大概是這名客人對少當家態度凶惡，所以令仁吉不悅吧，他的態度變得相當冷淡。

「我知道了……那就賣給你吧。」

一太郎會這麼說，與其說是替客人著想，不如說是爲了安撫家丁的情緒。這陣子總是發生讓仁吉他們心情不好的事。爲了將來著想，少當家可一點也不想去試探他們的忍耐限度。

「請到這邊來……」

少當家碰也不碰金額顯然不足的錢袋，便請客人到倉庫去。仁吉手持燭臺，跟在後頭。男子在旁邊不知叨唸著什麼，不斷傳來他自言自語的聲音。

「沒錯……就是這股香味……絕對沒錯！」

香味……？

那塊乾巴巴的東西，會傳出連倉庫外都聞得到的氣味嗎？少當家有些摸不著頭緒。在倉庫門前將鐵鎖打開時，他特別留意了一下，卻感覺不到有什麼特殊的氣味。基本上，店裡擺滿了五花八門的藥材，就算是新鮮草藥，不特別靠近去聞，也很難分辨出是哪種藥材的氣味。

怪了……

怎麼想都覺得這位客人很奇特。

他確實是人類沒錯。這點一眼就知。但這名男子不過是跟在自己後頭走下樓梯而已，卻令他全身寒毛直豎。是因爲覺得地下室比平常還要暗的緣故嗎？總之就是覺得不太舒服。樓梯好像也比平常多了兩三階，是自己想太多了嗎？

趕快把藥材交給他，打發他走吧。

就這麼辦。一到地下室，少當家把燭火放到旁邊的棚架上，俐落地打開裝有木乃伊的木箱。仁吉從箱中抱起人形的藥材。正準備要揭開包住藥材的薄紙時，那名客人的手從後方的黑暗中越過家丁的肩膀，伸了過來。

「客倌，您這是在做什麼！」

「是藥啊！這下有救了。只要有這個……俺就……」

他的動作完全不像在觸摸昂貴物品的樣子。男子氣勢驚人地抓住木乃伊。

「還不住手！」

即便仁吉怒而出聲，仍不當一回事。男子緊抓著木乃伊的腳不放，和仁吉互相僵持。稍一使勁，藥材便發出微微的碎裂聲，使得仁吉慌忙放手。比目測重量還要輕的木乃伊，因反彈力道而飛到半空，男子撲上去抱住了。仁吉睜眉怒目地說：

「客人！那可是很貴的……！」

仁吉擺出一副隨時會撲上前的姿勢怒喊著。男子卻不回答。他只是雙手緊緊握住祕藥……之後便瞪大了雙眼說：

「不對！不是這個！」

他的聲音在幽暗的地下室裡迴盪，接著便消失無蹤。

這一瞬間，一太郎他們完全不明白客人說的話是什麼意思。嘴巴發出的「啊？」也同時表示：「他在說什麼啊？」

「客倌，你是說這不是木乃伊嗎？」

「被騙了。不是這個。不對！」

因爲還當他是客人，而想先按兵不動的應變方法，竟是大錯特錯。比家丁更早一步行動的客人，一鼓作氣將手上的高級藥材朝妖怪頭上砸了下去。

家丁就是因爲知道這藥材有多麼昂貴，所以才無法毫不顧慮地格擋吧。被木乃伊當頭一砸，便一聲不響地趴倒在保管箱旁的地面上。比外表看起來更有本領的妖怪，吃了一記就站也站不起來，讓少當家目瞪口呆。

「仁吉！」

「你怎麼突然打人啊！仁吉，你沒事吧……？」

少當家驚慌失措的聲音，在陰暗而狹窄的地下室裡迴盪。不是自己，而是妖怪家丁昏迷不醒，這種事還是第一遭。一太郎衝到仁吉身旁，想要抱起他，而那位客人就這麼站在咫尺之遙的眼前。男子手中抓著已經折斷的木乃伊一端，木乃伊向下倒垂著。

明明仁吉已經遭他攻擊，不可思議的是一太郎並不覺得眼前這名男子很可怕。

因爲，我實在是想不透爲什麼會變成這種情況。

客人說他想要祕藥，自己也說要賣他了。爲什麼還要動手打人呢？

他說被騙又是什麼意思？還說不是這個，那他到底想要買什麼？

這名客人跑來購買與窮酸德性完全不搭調的藥材，他背後透出了微弱的燭光，在陰暗中看起來就像黑影。

這身影……

少當家瞪大了雙眼。抱著仁吉的指尖微微顫抖。

令人爲之發麻的恐怖感油然而生。

地下室裡十分陰暗。只有兩盞燭臺的細小光線可供照明。在這樣的幽暗中，男子朦朧的身影浮現眼前。少當家想起了那片黑暗中的人影。

穿著隨處可見、平民百性的衣著。三十歲出頭。毫不起眼的大眾臉。

這種形容詞，在不久之前曾經聽過……

沒錯，就在最近，日限師傅不就得意洋洋地講過嗎？

而且他確定自己見過這個人。

在無邊無際的黑夜裡，在聖堂前的路上，在微弱的提燈光線前看到的，不就是同一個人影嗎？身形不高也不矮，糾纏不休地追在後頭的傢伙。手上還拿著一把刀。看似鋒利的刀刃，在提燈光的映照下，發出了銳利的光芒……

不妙。這裡是地下室，而且我也無法從這傢伙手上保護得了仁吉。

他的雙手使勁抱住依舊昏迷不醒的家丁。雖想掩護仁吉，但對方如果今天也帶了刀在身上，恐怕連一太郎也自身難保。

該不會是來殺我滅口吧……

他不明白爲何事到如今還要來這裡殺他。但不管原因爲何，還是改變不了眼前危急的處境。少當家拖拉著家丁的身軀，試著先往後逃開。

嗚家，在不在呀？我沒辦法大聲喊啦，嗚家！

一邊緊盯著男子的動靜，一邊拚命小聲叫喚小鬼的名字。在聲音傳不出去的倉庫裡也能呼喚得到的，也只有寄居在家中的妖物之流了。

「被騙了……這玩意兒一點用也沒有。可惡……」

客人以顫抖的聲音不斷重複著同樣的話，音調也詭異地變得既尖細又高亢。可以輕易看出男子的憤怒已瀕臨爆發。

嗚家，快點來呀！

這句悄聲呼喚不知是否被男子聽到了，原本面向木乃伊的臉孔轉了過來，眼光停留在一太郎身上。「可惡……」他一邊盯著這邊看，一邊將手慢慢伸進懷裡。

糟糕了，今天他也帶了刀子在身上。

正愁眉苦臉時，從少當家正後方的陰暗處露出一隻嗚家的臉。傻呼呼準備打聲招呼的小妖怪，眼中突然閃過刀鋒反射的危險光芒，嚇得小妖怪魂飛魄散。

「哇！」

短促的一聲叫喊，彷彿是在暗示那男子已行動。刀子掠過一太郎的臉頰。

沒砍中……

滾到一旁的地面上，抬起頭來一看，發現小鬼們正死命抓住男子的臉和腳不放。所以才會沒砍中呀？雖然很感謝，但男子腳上的一隻小鬼，立刻就被踢飛了出去。救兵在一瞬間就給收拾掉了。

「鳴家，去找佐助。快去叫佐助過來！快！」

他一個人搬不動昏迷的仁吉。小鬼們的力氣這時更是派不上用場。總之也只能先趁還能閃躲的時候，儘快叫人來幫忙了。

「快！」

數個小小的身影在黑暗中消失了。雖然總算有一絲希望，可是留下來的卻只有兩三隻鳴家、昏迷不醒的家丁，以及少當家而已。男子撥掉臉上的鳴家，又朝這邊重新擺出架勢。

怎麼辦？

心中焦急萬分卻想不出半點好法子。現在只能靠少當家的力量把刀子給擋下來，但卻沒有適合的武器可以用。在這麼近的距離下，看得出來男子手上的刀子是把厚刃菜刀。刀身反射著光芒，更加凸顯實在感。

光……？對了，是光線！

他指指放在棚架上的兩盞燭臺，小聲對鳴家說：「弄熄它！」小鬼們便立刻讓地下室回復往常的黑暗。彼此的身影都消失在一片漆黑中。

這樣就可以稍微喘口氣了。

和前幾天的情境相比，這裡顯得狹窄多了。如果用手慢慢摸索，說不定很快就會被發現，但多少還能拖延一點時間。

突然看不見自己要攻擊的對象，似乎讓男子火冒三丈。可以聽得到他喊著「可惡！可惡！」的聲音。少當家也不知道對方的位置在哪裡。男子的聲音聽起來好像就在耳邊，令人緊張到心臟快從嘴裡蹦出來的時間，一分一秒流逝而去。

佐助，快點來吧！

一太郎在心中暗自祈禱，緊緊捏住倒臥身旁之家丁的衣服一角。

就在這時，咚、咚、咚、咚，傳來某種規律的聲音。

咦？這是什麼……

咚、咚、咚，聲音持續。他開始注意到聲音竟然是從上面傳來。

上面？啊……

一太郎想到發生了什麼事時，全身寒毛都立了起來。

他找到樓梯，爬上去了！

進入地下室時，入口那扇門當然沒上鎖。男子輕易便將門打開。光線若從半疊大的入口照進地下室，就沒有可供躲藏的黑暗了。

仁吉，糟糕了啦。快點醒來呀。仁吉！

少當家拚了命想搖醒家丁。不過仁吉的眼皮還是闔得緊緊的。

他的長相已經被我們看到了，也就是說……

男子將樓梯上方的出入口打開了。

轉身抬頭一看，可以清楚地看到樓梯，梯子的最前端十分明亮。男子從樓梯最高處朝這邊俯瞰。他的表情因爲背光而看不清楚，但手上的刀子倒是閃閃發亮，應該是極度渴求鮮血吧。

「他過來了……」

一太郎還沒想出抵抗的對策，男子卻已逐漸靠近。這下眞的束手無策了。

少當家一把抓起一旁的木箱箱蓋。這種東西雖然不知能派上多少用場，但是手上什麼也沒有的話，心裡便覺得不安。

男子的身軀從樓梯上滑行似地走了下來。好快！正當心中這麼想，人已經到了面前。雖然少當家不假思索便將木頭蓋子擋在前頭，但男子向下揮刀一擊，立刻就將之給打得粉碎。

更糟的是，一太郎閃避刺過來的菜刀時，卻絆到了腳，摔了個四腳朝天。摔倒在地時，還可以看到仁吉正躺在旁邊。男子的腳距離自己比家丁來得更近，看來是連站起來逃跑的時間也沒有。

我會死嗎？

一股奇妙的思緒，比恐懼更早籠罩他的內心。

在這之前，一太郎好幾次都差點因重病而死。雖然如此，他卻從沒想過自己居然不是在床上病死，而是被人給殺死。他看著眼前落下來的那道光芒，那是刀子朝自己砍下……卻砍到完全不相干的地方。

「咦？」

莫名其妙地站起身來一看，男子整個人竟往前摔倒。他是因爲腳踝被人抓住，才摔了這一跤。是仁吉的手。他醒來了。

「少當家，快……」

仁吉微微抬起頭來，用眼光示意前面距離只有一間左右的樓梯。他是要少當家趁他抓住男子的腳踝時，趕快逃走。

這一點少當家是知道的。也只能這麼做。

但是一太郎如果逃走了，眼前這名男子一定會對仁吉千刀萬剮。畢竟家丁現在還不太能行動，男子一定會在盛怒之下大開殺戒。

然而，一太郎若是不逃走而想留下來救仁吉，希望還是很渺茫。雖然如此，他還是沒辦法說逃就逃。因爲仁吉可以說是養育一太郎長大的妖怪親人啊。

一太郎深切地覺得自己眞是個笨蛋。

「少當家！」

「放手！」

男子怒吼的同時也揮動了厚刃菜刀。

一太郎眼前噴出了一片紅色血霧。男子竟揮刀砍傷家丁抓住他腳踝的手。他朝著就算被砍傷仍不肯放手的妖怪，再次舉起菜刀。這時，一太郎使勁全身力氣，將滾到腳邊的某個東西扔了過去。

東西砸中那名男子，聲音雖然不怎麼大，男子卻因此而滾到房內一隅。仁吉鮮血淋漓的左手，緩緩垂到了一太郎身上。在他旁邊是木乃伊的一部分。剛才用來丟擲男子的物體，就是男子先前拿來砸仁吉的祕藥。

會昏過去嗎……至少希望能讓他暫時無法活動。

只不過是把木乃伊丟出去一次而已，少當家就喘個不停。偏偏又天不從人願，男子馬上就站起來。甚至連那把厚刃菜刀都不曾離手，緊緊握在他手上。

爲什麼這麼耐打啊！

抱怨也於事無補。男子這次一定不會失手了。他沉默無言地直直朝一太郎走來。一太郎往後退了兩步、三步，一個沒注意，草鞋似乎踩到什麼堅硬的東西，人都還沒被刀子砍到呢，身子就又摔成四腳朝天。

「咕哇……」

背部著地的一瞬間，呼吸幾乎停止。要是就這麼躺下去就不妙了。掙扎著想先爬起身來而將手肘撐在地上時，手掌好像碰到了袖子裡的某樣東西，發出了沙沙的紙聲。

怎麼會在這種時候……

裡頭竟還原封不動地剩下一個甜點袋。分送給船夫和妖怪們後剩下的一袋。因爲剛才碰撞到袖子許多次，所以袋內的東西也已碎成粉末。

「這個我已經不打算吃啦。」

少當家一邊喘著氣一邊兩眼朝上望，這麼叨唸著。近在咫尺的是往這裡俯瞰的男子，以及那把絕對不會再揮空的厚刃菜刀。一太郎周圍已經沒有木箱蓋子，也沒有木乃伊了。男子慢慢舉起刀子。

「所以這就請你吃吧！」

粉末從少當家手中噴撒出來。散落在臉上的深色粉末似乎掉到眼裡去了，男子發出幾不成聲的咿呀慘叫，往後摔飛下去。菜刀掉在兩手捂住臉孔的男子腳邊。一太郎拚命伸手抓住刀柄，將之扔到角落裡去。

黑砂糖……沾到眼睛裡竟然會痛成那樣啊。

看到男子連頭都抬不起來的樣子，一太郎的嘴角往上彎了起來。原來他將袖子裡最後殘留下來的甜點，也就是黑砂糖的糖粉，對準男子的眼睛撒了出去。

很痛嗎？那當然啦，就算是細小的灰塵掉到眼裡，也沒人受得了。

總而言之，這次一定要想辦法帶著仁吉逃走才行。但是，連自己的身子都已經沒辦法隨心所欲地站起來了。他仍然氣喘不已。可能是剛才摔倒時撞到什麼不該撞的地方。

這時，樓梯上出現晃動的人影。

「少當家，您沒事吧？」

這憂心忡忡的聲音，是佐助。

一太郎原本是想說「快去救仁吉」，卻只能痛苦不堪地咳個不停。家丁急忙下樓。身後還跟著別的腳步聲。佐助跑下樓的同時，發現那名捂著臉的男子，而停下了腳步。

「……他拿刀殺傷了仁吉。」

一聽到少當家口中擠出這句話，跟在佐助身後的人影飛跳下來，從男子背後來個反扣扼頸。展現官差的威風後，日限師傅看到倒在地上的仁吉，又拿出十手③將男子給揍倒在地。

③古代官差所使用的警棍，以鐵、黃銅或木頭製成，約三十公分，甚至長達一公尺，在握把前方有一勾狀突起，末端飾有穗狀流蘇。

既強悍又凶暴。眞不愧是日限師傅。

是因爲好一陣子沒來店裡的緣故嗎？這次幸好日限師傅跟家丁一塊兒來，自己和仁吉才能得救。少當家鬆了一口氣。

「啊……」

情緒一放鬆，眼前也跟著轉暗。雖然知道會變得一片漆黑，但並不是由於有人把樓梯上的出口給關起來。

還不行啊，要是現在倒下來了……

他得向佐助說明事情經過。還有菜刀被扔到角落去的事，也得告訴日限師傅。這傢伙就是殺了木匠的凶手，也非說不可。最重要的是，他一定要去看看仁吉傷得怎麼樣了。

就和吹熄燭火時一樣，黑暗轉眼間便已來臨。

第五章

藥鋪當家

一、

包紮在仁吉腦袋上的繃帶都已經拆掉了，但病臥在床的少當家，身體狀況卻一直不見好轉。

從遭逢殺身之禍的那天以來，不但連續三天沒睜眼，還不斷發高燒，數日以來雙親一直蒼白著臉。之後雖然恢復了意識，但平日專門爲少當家看病的醫師源信仍不斷出入別館。

凶手砍殺的其實是仁吉。但受傷的家丁卻反過來照料自己，眞是情何以堪。就算想硬撐起來，但摔倒時撞到的背部實在疼痛不已，每天連呼吸也覺得困難。即便粥品也難以下嚥。唯有藥湯的量，多到像是用來代替三餐似的。

像這樣的病狀，已經持續二十天以上。

雖然如此，神智清醒之後，一太郎便急著想知道事情的後續和凶手之後的處置。

「雖然只是聽聽而已，但如果累了，要馬上說喔。也別說太多話的好。」

刻意再三叮嚀後才開口的人，就是這二十多天內幾乎沒離開過一太郎身邊的佐助。仁吉暫且先去小睡一個時辰，所以由佐助代替他來照料少當家。這陣子，一太郎從不曾獨處過。

我是覺得比起一直倒臥在床的我，累的人應該是佐助才對。

心裡雖這麼想，但他知道就算說出來也不會被理睬。所以床上的一太郎只是乖順地點點頭。

他把臉轉向一旁時，看到些微的白色蒸氣自不倒翁圖案的火盆上裊裊升起。午後的陽光照在紙糊拉門上，清透而明亮。房間裡洋溢著悠然自得的閒適感，讓人覺得很舒服。這閑靜的午後時光，安靜得讓人難以相信在長崎屋裡曾發生過襲擊凶殺案。

佐助在一太郎枕邊準備好白開水後，爲了讓說話聲能清楚傳到，便在床邊重新坐好。

「想殺害少當家的那個男子，名字喚作長五郎，聽說是個沿街叫賣的流動小販，賣些青菜之類。」

果然是平民百姓。

一太郎在棉被裡點點頭。這些他都已經知道。問題是，在爲什麼、怎麼做等這些質疑之前的不解。

「長五郎和被殺的木匠德兵衛互相認識。他就住在木匠師傅家隔壁的長屋裡。」

不過因爲不住在直接相鄰的長屋，所以不會每天見到面。周遭的人也都說兩人應該不會發生什麼爭執或口角。

若要說和這件事有關，唯一的一樁，可能就是長五郎孩子的事了。

「這個賣菜小販希望家裡滿十歲的大兒子能去當木匠。於是拜託德兵衛讓他兒子去幫他打雜。但是德兵衛那邊的人手已經夠了，便回絕此事，叫他去拜託別人。」

這種情況並不少見，怎麼看都不算是過分到會讓長五郎想動手殺害木匠。想讓自家小孩學作木匠，只要去拜託別的木匠師傅就行了。因爲只要夠勤快工作，多少也會有幾家肯收他做學徒。

既然如此，長五郎爲什麼要殺害相識的木匠呢？

「官差們認爲，那個賣菜小販是因爲想送小孩去當學徒卻遭拒絕，心懷怨恨而將木匠給殺害了。之後因爲自己犯下殺人罪而感到恐懼，竟然想讓木匠死而復活，便爲了求祕藥而跑來襲擊藥鋪長崎屋。但因爲沒有他想要的那種良藥，勃然大怒，便再度揮舞起刀子來。」

這種推測乍聽之下很有條理。但仔細再一想，殺害木匠的理由便很詭異，在長崎屋的舉動則更是古怪莫名。

「我說佐助啊，你不覺得很怪嗎？爲什麼賣菜小販長五郎會跑來買讓人起死回生的藥呢？怎麼可能會有店家會賣這種東西嘛。」

「大概是以爲多少會有店鋪在賣吧。因爲是窮人，所以不知這是不可能的事，以爲只要拿錢出來就買得到了。」

「要有這種藥，瓦版新聞早就炒得沸沸揚揚啦。一定會變成無人不知的出名祕藥嘛。」

「那會賣得很好嘍？」

「生意大概會好到一轉眼便蓋起五間倉庫吧？」

少當家苦笑起來。

「但不管是哪間藥鋪，都沒賣這種東西呀。世上並沒有吃了就能起死回生的藥。若是假藥，馬上就會穿幫。就連號稱能讓人長壽不老的木乃伊，效果也很讓人懷疑呢。」

「說這麼多話，小心又會開始咳起來唷。」

佐助見少當家越說越起勁，不由得皺起眉頭，伸手拿了白開水，送到一太郎嘴邊。原來是要少當家連從他懷裡拿出來的藥粉也一併吞下去。一太郎早就服過一大堆藥方，已覺得膩了，但還是無可奈何，乖乖聽話吞下藥粉。

「因爲連木乃伊都已經拿出來賣，說不定街頭巷尾都在謠傳我們店裡在販售珍奇罕見的祕藥。那個賣菜小販，一定是以爲長崎屋裡會有他所渴求的藥材吧。」

「除了木乃伊以外，我們這兒就沒有其他可稱作祕藥的東西了。」

「我知道。賣菜小販大概也是因爲沒有他要的東西才生氣吧。不過，他想要的東西究竟是什麼？」

就算問家丁是否去問過日限師傅這件事，家丁也只是搖頭。過不了多久，睡意便朝少當家襲來。

「眞討厭，還大白天的就又想睡了……話才說到一半呢。」

「明天會再告訴您的。您也累了吧，請好好休息。」

「明明就還沒講到會累的程度不是嗎……眞是的……」

眼皮好重。

我還有事情想問呢。那個賣菜小販的怪異舉動，佐助又是怎麼想呢？哎哎……意識開始恍惚，思緒也無法集中。

眼睛微微睜開。看起來似乎在半夢半醒之間。

佐助的黑瞳，變得像貓瞳一樣細長，顯示出他並非人類。這一定是夢到惹惱佐助時的夢了。因爲總是纏綿病榻的一太郎，並沒有做出任何會招致家丁們責罵的事，甚至連想做也做不到。

佐助仍舊以這樣的眼神，盯著一太郎看。

眼睛變得越來越大，最後家丁的樣子竟變成只剩下天花板那麼高大的雙目而已。一太郎想要走進變得比他還要高的細長眼睛裡。他知道在那裡頭，存在著未知事物的答案。

就算詢問也還是得不到答案。這是因爲佐助已經沒有嘴巴了，所以一太郎無論如何都得走到眼睛裡去才行。

不到裡頭去不行。站起身來。身子竟意外輕盈。

佐助的瞳孔裡只是一片漆黑。馬上就讓人分不清左右上下。甚至連自己是站著、浮著、還是正在往下墜落，一太郎也已搞不清楚了。

某件事物的解答應該就在不遠處。一太郎就這麼追著答案，緩緩朝深深的深處流去。

二、

「身體終於好些了呀。總算放心了。」

在香甜地酣睡約一個時辰後，甫一醒來，佐助便告訴他三春屋的榮吉前來探望。雖說往來親密，但讓畢竟算是外人的榮吉進到臥房，便是一太郎已經康復的證據；理解這一點的榮吉，臉上帶著開朗的笑容，膝行到一太郎枕邊。

「這個是來探望你的伴手。」

轉頭朝這靦腆的聲音張望時，才發現今天竟然很希罕地帶了阿春同行。榮吉的妹妹幾乎不曾來探望少當家。雖然他自己並不清楚，但這回的身體狀況似乎特別糟。大概有好幾度都徘徊在生死關頭吧。

少當家道了聲謝，在他身旁的兒時玩伴將包袱巾解了開來，讓佐助看看裡頭的紅豆沙丸子。

「身子極差時，一太郎除了流質食物之外，其他應該都吃不下吧？若是這個，做成紅豆湯就可以喝了。」

不愧是從襁褓時期便開始來往，相當了解一太郎。

「放心啦，這紅豆沙是我爹做的。」

榮吉這麼說著，把伴手遞給家丁，使得佐助得一邊克制笑意，一邊急忙朝廚房走去。「哥哥你眞是的！」笑不出來的妹妹，皺起眉頭。

「話說回來，這次眞的很倒楣哪。一太郎明明就乖乖待在家，殺手卻還跑來家裡出差哩。」

榮吉完全不把妹妹恐怖的表情當一回事，開朗地講起話來。少當家急著想知道街頭巷尾是怎麼談論這件事，便催榮吉快講。

「賣菜小販？大家都說他是個大傻瓜呢。」

這似乎是町內的蜚短流長中，最多人的意見。

「因爲想讓小孩去當學徒的事遭拒絕，就憤而殺害木匠師傅，那又能怎麼樣？這只會讓自己變成殺人犯而已。被留下來的家人，生計也會陷入困境啊。」

「爲什麼這麼想讓孩子去當木匠呢？眞不明白。」

聽到一太郎吐出這句話，並坐在床邊的兄妹倆互看了一眼。

「也對啦，這對一太郎來說，也許是件很難理解的事吧。」

「其實木匠這一行，收入是很豐厚的。」

兒時玩伴帶著得意的笑容，向他說明。

一太郎常常可以從榮吉那裡學到許多俗世常態。他的雙親都是大店的老闆夫婦，距離庶民生活相當遙遠。妖怪雖可說是養育他長大的至親家人，但觀感畢竟跟人類不同。若是沒有這位好友，一太郎一定會完全不知何謂世間疾苦。

「木匠的工資是一天五文銀。若要求早上出勤，依規定得多付五成費用，再加上若要求他們接著工作到傍晚，那再連早上的份一起算下來，就得付兩倍費用了。要是發生火災而人手不夠，光是勞動個兩時辰，一天就有十文銀進帳了呢。」

「這樣算多嗎？」

「哎呀？這個你不曉得呀……」

點心店的兩人，復又互看一眼，嘆了口氣。

長崎屋是大店，在通町的店裡就有三間倉庫，在河岸地帶也擁有好幾間倉庫。這間店裡的獨生子雖然精通算術，卻對俗世生活中的物價指數十分遲鈍。對一太郎而言，米和味噌就是廚房裡會有的東西，錢則是以一艘可載千石的千石船爲買賣單位，以數百兩這樣的金額來交易貨品。

哎，這也是沒辦法的事。這傢伙明明身上帶著漲得鼓鼓的錢包，但是說到用錢的經驗，卻只有在我們店裡買點饅頭的程度而已。

不知該怎麼說明才能讓他明白，榮吉稍微歪著頭，開口說了：

「雖說你在吃飯時，一口氣吃個一碗就已經很了不起。可是普通人一吃就三碗五碗，一天吃個十碗是很普遍的食量。」

「什麼嘛，也不必每次都拿我來當對照吧。」

「那倒是。抱歉。」

吐了個舌頭，榮吉繼續說明。

「現在的米價……阿春，大概多少錢啊？」

「一升大概是四十文吧。」

「一升就是十杯。一個成人一天要吃五杯米。要是底下還有三個食慾旺盛的孩子，夫妻兩人加上小孩，一家五口一天就必需用掉兩升米。買米就要花掉八十文錢。」

「一天吃掉兩升……」

令少當家驚訝的是米的消耗量。兩升米夠少當家一個人吃上半個月了。

「凶手是個沿街叫賣的流動攤販。基本上，流動攤販賣的東西也有很多種啦，收入多寡不太一定，收入少的話，一天進帳頂多只有米錢的兩倍吧。」

「兩倍……不到兩百文錢呀？」

「若是賣菜，還得留點隔天進貨的本錢。雖然有生意好的時候，但一下起雨，生意就變得清淡。其他的流動攤販，狀況大概也差不多吧。」

「工作一天掙一百六十文……你說木匠有時一天就能賺十文銀對吧。一文銀就是七十文錢，也就是木匠有七百文錢的工資囉？原來如此，眞的有差。」

就算一樣住在小巷內的長屋，平素生活也多少有差。有人是每天不得不儉約度日，搞不好就是因爲這種差異，而特別凸顯彼此的不同。

「所以許多父母都想讓小孩去學做木匠或泥瓦匠。雖然不是說賣菜小販的小孩便不能走這行，但木匠師傅的人手已經足夠的話，要叫他多收個幫手是不可能的。哎，這是看運氣啦。」

「運氣啊……」

一開始竟只是這麼細微的小事，讓靠在枕頭上的少當家嘆了口氣。反正只要到了該到某處去幫傭的年紀，身爲雙親，都會希望讓自己的孩子選擇有遠景的職業吧。成爲木匠後，只要認眞工作，就能過著還算小康的生活。運氣好的話，說不定可以一躍成爲師傅級的木匠，指揮子弟工作。

天下父母心。這份一點也不罕見的情感，最後竟搖身一變，成爲在月光都照不到的夜路上，將熟人的腦袋給切下來的原因……

但是爲什麼要特地回去把頭切下來，讓事情鬧得這麼大呢？眞不明白……

明明抓到凶手就該落幕的事，卻有太多讓人無法心服的疑點。

爲什麼……

爲什麼要爲了小事殺人？爲什麼要把腦袋砍下來？爲什麼要把搶來的木工具分散來賣？爲什麼還想拿藥給已經死掉、連葬禮都辦完了的木匠吃？

看到木乃伊時，爲什麼會說不是這個？

柔光滿溢的房間裡，卻只有謎團沉澱在少當家心底。與這渾濁不清的心情成對比的明朗聲音在枕邊響起：

「聽日限師傅說，凶手因爲木匠已死而心生恐懼，所以想到長崎屋來買起死回生的藥。眞的是來買那種藥的嗎？」

「呃，這該怎麼說呢……」喜歡八卦閒聊的阿春這一問，一太郎並沒有清楚回答。因爲賣菜小販來店裡之後的言行舉止，仍令他感到不解。

「眞有那種藥嗎？」

兒時玩伴興致勃勃地把臉靠過來問道，讓少當家嘆了口氣。

「怎麼連你也講這種話。要是有那種東西，老早就先給我吃啦。」

「一太郎時常徘徊在生死關頭，搞得大家人仰馬翻的。原來如此，這表示沒有這種藥嘍。」

這種奇怪的理解方式，讓少當家在棉被裡苦笑起來。

「不過要眞有這種藥，該有多好。世上還是有不管怎麼祈求也不會實現的事。」

「啊？現在才有這種體會呀？現實可是嚴苛得很呢。」

「什麼嘛，一副你什麼都懂的樣子。」

少當家對好友露出微笑。榮吉的確世故多了，玩樂的時間也大爲縮減，雖然手藝不佳，卻仍專心致力於家業。但雙親仍會爲他勞心傷神也是事實。要他有明鏡止水般的寧靜坦誠，實在是不容易。

「我啊，可是親身體驗過啦。」

即使如此，好友仍滔滔不絕說下去。

「體驗什麼？」

一太郎邊笑邊問。他得到的回答，卻意外真摯。

「體驗過世事無法盡如人意啊。以我做例子，就是做點心的功夫啦。」

榮吉語氣淡漠。臉上不帶笑容。

「哥哥，這種事……只要之後有進步……」

「阿春，妳也該做好心理準備。就算妳喜歡一太郎，也沒辦法成爲長崎屋的少夫人。」

「哥哥！」

阿春立刻低下頭，慌忙站起身，就這麼用衣袖遮住臉龐，從房間裡跑出去。榮吉完全沒朝妹妹的方向轉頭看。「榮吉！」少當家皺著眉頭低喊他一句後，這位兒時玩伴便起身將妹妹拉開來的紙糊拉門確實關上。

「沒辦法啊。總得點醒她一次吧。世事無法盡如人意。就像你沒辦法馬上變得活蹦亂跳一樣。」

「可是那種說法……不覺得太狠了嗎？」

「一太郎，你有辦法娶阿春當老婆嗎？你明明只把她當妹妹一樣看待。」

回過頭來的榮吉，臉上淨是苦笑。但因事實正如他所言，所以一時也找不出什麼話能回他。

「要長崎屋從開在長屋外側的一般小店迎娶媳婦，根本不可能。你的妻子一定要從大店裡挑才行。必須是出身大店名門，又能夠在有個萬一時支持身體虛弱的你。這就是挑媳婦的條件對吧？」

「眞聰明啊。讓你屈就點心店的少東眞是可惜了。」

一太郎從下往上抬眼望著好友。

其實他也曾想過，若榮吉還有個比他早出生的兄長就好了。這個兒時玩伴不但人緣好，腦袋也機靈，若是到長崎屋來幫傭，說不定能成爲讓眾多船夫尊敬、能冷靜運用大量資金的幹練總管。

若能當上長崎屋總管，就能領到一筆多達二百兩的鉅款。之後想繼續留在店裡工作也行，要自己開間新店也行。學點有興趣的才藝後，再退隱度日也沒問題。比起跟合不來的點心奮鬥，這樣的日子更適合他不過。

但是……

就算想了這麼多，也不可能成眞啊。

點心店的獨生子，就像生在船運商行一樣，必須留在自家店裡，不能逃避。深刻體會到這種事的兒時玩伴所說的話，讓人不勝感喟。

待少當家回過神來，榮吉竟跑到他枕邊，盯著他的臉猛瞧。

「做什麼呀？」

「我很猶豫，不知要不要把這個交給你。」

指間挾著和上次一樣的便條。少當家從棉被裡伸手欲接，榮吉卻直把紙條往後拿開。

「一太郎果眞生得一張俏臉，連阿春都迷戀上你了。要是去演戲，說不定能賺上幾千兩呢。」

「榮吉？」

「腦筋也比我好得多。源信醫師都讚不絕口。他說一太郎雖然整天臥病在床，卻對藥鋪的各種藥瞭若指掌。與其給來路不明的江湖郎中看病，還不如請一太郎調些藥方，病還好得比較快呢。」

「你不把紙條給我嗎？」

「但是他上次也說過，你的才能說不定派不上用場。大店當家首要之責，並不是分配調度店內的工作，這種事交給總管去做就行了。當家主人要做的是外頭的交際應酬，還有擇才適用。還要健康地活到老，生個繼承人……」

「榮吉，你到底想說什麼？」

他知道自己的聲音有些尖銳起來。從棉被裡往上看，榮吉不知是在笑還是在哭，表情古怪。

「你又要叫我別提這種事嗎？你啊，明明連自己站起來都辦不到，還能怎麼樣？有些事本來就是想做卻還是做不到……」

「這些我都知道！」

少當家坐起身，將紙條給抽走。咳！隨著這股勁兒，竟開始咳了起來，一咳就沒完沒了。咳噗！榮吉慌忙從藥罐裡倒出白開水，送到他嘴邊。

「你沒事吧？」

讓喉嚨鎮定後，躺下來讓榮吉撫摩背部，接著口中便傳出咻咻作響的喘氣聲。

總算暫時止住了……

一太郎身體解除了僵硬。鬆了口氣的榮吉，將茶杯放進枕邊的盆子裡。現在不是激動說話的時候。兩個人都沉默了好一陣子。

少當家的狀況穩定下來時，榮吉喃喃說了：

「前幾天，有人來跟阿春提相親的事。」

「咦……」

這消息來得如此突然，讓少當家睜大了眼。畢竟方才阿春的態度完全看不出有異。

「對方是在大街上開化妝服飾店的老闆。聽說是阿春去學三味線時，讓那人給看上了。雖然那傢伙才十五歲，但他的親戚覺得這是樁好姻緣，便上門來了。」

阿春拒絕了。兒時玩伴榮吉表示，因爲她心裡愛慕著一太郎，會拒絕也是無可奈何。但是連他們的雙親也當場拒絕這次相親，則是另有原因。

「我家沒有餘力再去雇請別的點心師傅。要是我怎麼也成不了材，就只能靠阿春去招贅、找個甜點師傅當女婿。所以現在當然不能把女兒給嫁出去啊。」

「阿春要招贅……」

「不這麼做，店鋪會倒掉。聽說這話是叔叔跟老爹講的。」

「眞是多管閒事啊。」

一太郎啐了這麼一句。

若眞不需要榮吉，怎麼不一開始……不，就算再早一點也好，爲何不讓他早點離開家裡呢？都到現在這地步了，能怎麼辦？他都十八歲了吧？

到商家去幫傭的話，在這個年紀，早點熬出頭的人可能已經能當上家丁或管理童子們的頭兒了。要是到木匠師傅等工匠家去打雜學藝，就算學到能出師，也還有長達十年的見習之路正等著他。不管哪一行，若要從這種已無法視作童子的年齡開始學，都一定相當艱苦。對雇主來說，這種年齡也著實讓人猶豫。

「其實，我也沒有別的長處，也想努力學做點心。但是啊，卻因爲這原因而對阿春說了過分的話。」

兒時玩伴的冷靜說詞，讓少當家感到些許焦急，但他還是不發一語。

「不管是嫁人也好、招贅也好，阿春也很快就要面對自己的婚姻大事了。」

「榮吉，親戚的意見，隨便聽聽就好了。」

「我知道啦。那就先這樣了，久留對你身體不好，我也該回去了。」

說完正準備起身時，從走廊傳來「讓您久等了」的話音，接著仁吉便抱著陶鍋走進房裡。

「您不先吃過再走嗎？」

「那是我們家做的紅豆沙啊，多少有點吃膩了。」

朝家丁點頭致意後，便快速離開了。

「抱歉，準備了這麼久才來。因爲佐助突然被叫到店裡去，所以我代替他來，耽誤了點時間。」

仁吉邊朝榮吉遠去的走廊方向看，一邊覺得不好意思地喃喃說著。

幸虧你們沒有來打擾，讓我們獨處。畢竟那些話都不太好在仁吉面前說。

看到放在火盆旁的小陶鍋，少當家坐起身。

「幫我盛碗紅豆湯吧，我要喝。」

「喔，食慾恢復了呢。要不要放點米果或麻□？」

「我要米果。」

「是，是。」

幫少當家披上短外褂後，家丁愉快地伸手拿取裝有小粒米果的茶罐子。想吃硬的東西，就表示一太郎的身體狀況大幅好轉。這同時也表示不久後便可以吃些普通飯菜了。

盛有甜湯的木碗遞上來後，他便開始安靜地啜飲。的確沒錯，這不會過於甜膩卻又濃郁香醇的滋味，正是出自三春屋老闆之手。

榮吉也能早點做出這樣的東西就好了。

望著心頭思緒萬千的少當家，一旁待命的仁吉嘆了口氣。少當家臥病期間，他也嘆了不下百回氣。但一太郎並不問家丁爲何嘆氣。

因爲他知道嘆氣表達了「自己得救了，卻讓少當家差點丟了小命」及「看看我做了什麼好事，竟然沒有保護到少當家」的心情。

一開始仁吉嘆氣時，少當家還會說些「這不是你的錯」或「居然能把身爲妖怪的你給打倒，那人可眞是一身怪力」之類的話，但也已講到不想再講了。

最重要的是我和仁吉都得救了，這樣不就好了嗎？

最後雖以這句話做總結，但仁吉卻似乎沒法就此寬心。

少當家試著想改變氣氛，便把剛聽到的消息拿出來講：

「今天，榮吉告訴我一件很驚人的消息喔。有人來跟阿春提婚事呢！」

「喔，這還是頭一回聽到！」

連家丁也對這話題興趣十足。一太郎在床上一邊喝著紅豆湯，一邊想起已經毫無退路的兒時玩伴。

不管是什麼事，把握時機一定是最重要的。

他試著想了一下收在胸前的便條紙。這回自己搞不好就會沒命。若是這樣，事情又會怎麼發展？

總之先去見一次面比較好吧？別再像之前，只偷偷跑去確認對方的長相而已。

將嚼碎後的小米果吞下喉嚨。要不了多久就能起身走動了吧？總有一天要和預先想好的一樣，雇輛轎子，一股作氣朝江戶邊境那端直奔而去。

脫身的機會，應該即將到來了吧。

三、

耳邊響起了呼呼聲。這是因奔馳而感覺到的風聲呢？還是呼吸急促到連自己也聽得到呢？目前的自己無法分辨。

也沒那個心力去思索了。

被人追趕的當下，時刻已是四時半過後。不久前，離開神社前行人較多的十字路口，要往店裡去的路上，跟蹤自己的人影就消失了。雖不知道跟蹤者是何方神聖，卻又大意地以為對方應該已經放棄，因而鬆懈下來喘口氣，但這竟是個錯誤的決定。

因為他又跟過來了。

說不定他的目的並不是錢。剛才經過那些店家附近，就有幾個正在談話的老人，他們身上的錢包都比自己的更加飽滿。但是，這人卻都不放在眼裡，一心一意只把自己當作目標。

不妙……我不該走這條路的……

過了昌平橋，便朝水戶①大人宅邸前的大路走去，因為這是最近的路線。兩側是連續的武家宅邸，再怎麼往前走也只看到白色外牆。雖說是白天卻毫無人煙。天氣晴朗，風倒也不算大。視線越過外牆，可以看到修剪整齊的樹木綠影，天上飄

①水戶為德川家康建立幕府政權後，為防子嗣斷絕所立的三房支系「御三家」之一。治理常陸國水戶藩，即今茨城縣一帶。幕府規定，藩主在位期間須定居江戶，退隱後才可返回藩地。

著許多細細碎碎的小朵白雲。格外適合走路的白晝風景，簡直就像是水底般的沉靜。

這樣的街道上，沒有行商買賣的小販，也不見人影，心中不由得著了慌。

就算是武士也好，快點來個人經過這裡吧！

這麼一來，不安的情緒也能緩和幾分吧。真是不該受好天氣誘惑，跑出門來悠哉散步。等走到比較熱鬧的地帶後，這回一定要在那兒雇輛轎子。

正當他一個人喃喃自語，叨唸著應該在一開始就這麼做時，遇到一名從路旁冒出來、看似工匠的男子。看到有人出現，起先還覺得鬆了口氣。但是，再看到他手上拿著刀時，一股幾乎讓他無法出聲的顫慄感傳遍全身。

從那之後便一直逃跑。

他拚命狂奔，等到他發現的時候，人已經來到水戶大人宅邸的側面了。右邊是綿延至遠處仍看不見盡頭的白色外牆。轉頭朝左手邊一看，這一面也只有武士官邸的牆壁而已。這一側和水戶大人的宅邸不同，只要往前走一點，窄巷的另一面便會出現不同的外牆牆面。除此之外並無其他差別。

「呼……」

他原本就不擅長跑步。已經喘到跑不動了，雙腳也開始不聽使喚。

一回過神來，跟在後面的腳步聲消失了。他在不知是誰家的宅邸大門前停下腳步。

他知道自己的背後全被汗水給浸濕了。像狗般地呼哈呼哈喘息不已。

「得救了。」

此話一出口，疲憊便一下子從手腳滲透出來。他覺得已經一步也走不動了，像是要當場向下扎根似地，頹然站在原地，暫時先……

「把藥交出來。你帶在身上吧？」

赫然冒出一個低沉的聲音。是從左邊小巷裡傳來。因爲恐懼而不敢轉頭看。但不看又更覺得可怖，所以又拚命讓連體內深處都在顫抖的身軀，硬是轉過去看。

那個工匠站在那裡。

他手上還握著閃著凶光的東西。看起來還很年輕的臉，專心一致朝這邊看。

「藥？對啊，我是開藥鋪的……」

在懷裡找了找。他不是來搶錢的嗎？就算是靠賣藥掙飯吃，也不會在出門時帶著太多藥。他拿出藥盒，將之遞向那名男子。

「目前身上只有這個而已……」

「不會錯！這次不會錯了！」

男子將刻有精緻圖案的藥盒抽走。但是連盒子也沒打開來，他的表情就愈發凶惡。

「不是這個！你騙我！」

「啥？你說什麼？」

突然被指說騙人，讓他一頭霧水。是因爲藥盒裡沒有他想要的藥嗎？他從懷中將錢包掏了出來，整個交給臉色變得十分難看的男子。從來就不會捨不得錢或覺得錢比命重要。在這大白天，這條像是離島般杳無人煙的小路上，只要一個不慎，可能就會招致重傷。

「這個給你，拿去買你想要的藥吧。這是我身上所有的錢了。」

男子眼睛朝上往這兒盯著，朝錢包靠近。

總之，看來是解除這場危機了……

正如此自忖時，那男子持刀擺好架勢，一口氣朝懷裡衝了過來。

「啊……」

他無法置信。自己並沒有做什麼會遭人刺殺的事啊。

我明明就……

他立刻連站都站不穩，因不支而倒地。砂礫嵌進他的臉頰。不可思議的是，比痛楚更早浮現在腦子裡的，竟是家人的臉。

如果我乘轎就好了。不，如果帶個童子隨行就好了……

他聽到附近有什麼巨大聲響。也聽到有人說話。但是自己已經連頭也抬不起來。土牆沒多久便在眼前消失無蹤。

四、

「少當家在不在呀？」

日限師傅出現時，熟悉的店鋪和往昔不同，顯得喧鬧吵雜。

「這不是捕快大人嗎？歡迎您來。」

出來打招呼的，也不是平常那位立即出現的家丁，而是總管。原本在少當家休養身體時，那名男子氣概十足的家丁似乎就一直伺候在旁，所以今天可能在後頭別館那裡吧。

「襲擊少當家的那個凶手，已經定罪了。所以想向他報告一聲。」

「那眞是太感謝您了。」

恭敬地鞠躬後，總管便和平常一樣，請他進到店裡。

咦？捕快看到從裡面出現的人，竟是平時都待在船運商行那邊的高大家丁，忍不住歪了歪頭。

不慌不忙地互相簡單打個招呼後，對方表示要他到裡頭去。反正他也想討個豆沙饅頭吃，好慢慢說明清楚，這才來的，當然不會有異議。

但是家丁帶他去的，卻不是平常藥鋪後頭的房間，而是被土牆圍繞的走廊另一端，也就是船運商行長崎屋。

日限師傅曾聽少當家說過，長崎屋要增建藥鋪時，曾考慮過火災的問題，便刻意造了一條由土牆隔出的走廊，連到藥鋪去。若是火勢蔓延，把走廊的一部分破壞掉，火就不會延燒過來了。

有錢人的作法果然不同啊。

當時心裡有一半是諷刺。但是，這回初次見識到長崎屋主屋內部後，更是切身感受到豪門的氣宇不凡。就算之前曾有到店裡頭坐坐的經驗，但卻不曾從裡頭走過。

這裡並沒有金碧輝煌的裝飾。但已經看慣長屋單薄格局的雙眼，連見到一根柱子，便知道那種尺寸是不同的，從之感受到的份量也異於平常。庭院右後方兩座倉庫之大，亦十分醒目。一旁是基於虔誠信仰而建造的稻荷神社，做工相當精細，從走廊處便讓人看得入迷，眞是上上之作。

基本上在這一帶，像這麼有錢的人也是不少呢。

因爲通町是江戶地區最多大店聚集的繁華街道。

「請到這邊來。」

家丁請他進去的地方，是一間看得見後院、約五坪大的房間。房內裝設並不特別華麗耀眼，不過壁龕上掛了一幅不知是哪位書法名家的掛軸，掛軸前則是一只美麗的薄青色花瓶，瓶內適度地插了些素淨的白花。雖然捕快並不懂這壁龕使用的是何種木材，卻聞得到高貴的香氣。

長崎屋的大當家正等在房裡。

「您好，好久沒有見到您了。」

大當家藤兵衛的威嚴，讓他不禁連說話方式都變了個樣。身形高大，體態雄壯。和被風一吹便可能要散掉的纖細少當家，是完全不同的兩種生物。

「捕快大人，上回承蒙你出手搭救小犬，實在非常感謝。應該早點向您致意的。」

「不不不，別這麼說。那時候便已收了您太多禮了。」

當家老闆突然向自己低頭致謝，讓清七慌了起來。之前解救少當家時的表現，讓他收到許多令他眉開眼笑的謝禮。但堂堂大店老闆本人朝他低頭致謝，他怎麼也想不到。

「對了，少當家的身子如何？聽說已經好了一大半了。」

原本只是想寒暄，卻讓長崎屋老闆拉下臉來。

「發生什麼事了嗎？」

那麼是病情加重了嗎？這一問才知道，原來是從中午開始，就不見兒子的蹤影。

「他一直病臥在床，大概兩天前才終於可以吃些乾飯而已。可是現在卻不在房裡。店裡的人全都出動去找他，還是找不著。」

藤兵衛聲音顫抖地表示一太郎也不在三春屋，附近的人也沒看到他。老闆娘阿妙也因過度擔心而感到暈眩，站都站不住，正在房裡休息。

對了，這對父母可是出了名的溺愛獨生子呢。

清七硬是嚥下苦笑。這時他已經理解，原來特地招他到店內來說話，是爲了要他幫忙尋找一太郎。

算了，之前也拿了人家好大一筆禮金。要是這次不幫忙出點力，就太不近人情了。

清七表示願意幫忙尋找少當家後，大店老闆便高興得握住他的手。有必要擔心到這種程度嗎？清七覺得這實在沒什麼大不了。少當家已十七歲，早已不是一兩小時沒看到人，便要急得人仰馬翻的年紀了。

老是躺在床上，多少也會覺得心情煩燥吧？

早已過了櫻花季節，大地陽光遍照。一個每天淨窩在床上的年輕小夥子，心裡一定累積了許多情緒。就算不是如此，這家裡的人也都太過重視少當家，比看顧嬰兒還更加形影不離地照料。像這種年紀的年輕人，當然會覺得受拘束。

大體來說，日限師傅認爲這位少當家雖然外表看起來像母親，個性卻相當大膽。他談話不但條理分明，思慮也周詳。內心應該像父親吧。

「那麼，往常那位家丁在嗎？」

一聽他已前往三春屋，捕快覺得機不可失，也朝點心店去了。

若下落不明的是鄰居的兒子，清七就非得在相當寬廣的範圍裡到處探查打聽不可。但若是少當家，就又是另一回事。一個體弱多病、人面也不廣的十七歲少年，外出時能去的地方相當有限。

「打擾啦。」

招呼一聲，朝點心店走進去後，正好看到仁吉在店裡和榮吉談話。

「咦，榮吉你在呀？」

這表示他們不是兩人一起出門。大概是心中的訝異顯露在捕快臉上吧，眼前的榮吉彎起嘴角。清七還沒開口發問，點心店繼承人便搶著答道：

「我不知道一太郎的行蹤啦。最後一次看到他是三天前的事了。我不曉得他到哪裡去，今天也沒看到他過來。剛才我正在跟仁吉重複同樣的話。」

「你觀察力真好啊。」日限師傅笑了起來，繼續說：

「上回你跟少當家聊天時，他有沒有說什麼？像是想去哪裡啦？或是場所的名稱之類？」

「要是聽到，我就會告訴仁吉了，不是嗎？」

「這樣啊……」

聽到這些話，當然不能馬上回去，清七反而更是作勢不想走人，在仁吉身邊坐了下來。榮吉一邊把手擺在胸前領口處，一邊扭來扭去，坐立難安。

「您這是做什麼呢？清七師傅您待在我們店裡的話，客人都不太敢進來了呀。」

「那你倒是說說看吧，身體虛弱又大病初癒的摯友都已下落不明了，你怎麼還能這麼冷靜地待在店裡？」

「因爲今天沒別人能來顧店了嘛。」

「喔？阿春和老闆娘都不在嗎？沒這回事吧？我今天早上還看到她們呢。」

榮吉的視線從兩人身上離開，游移到大福麻糬上，最後落到地面。看到他這個樣子，日限師傅趁勢追問：

「你好像知道什麼內情喔。雖然沒說謊，不過也沒說實話。沒錯吧？」

「榮吉，這是怎麼回事？」

仁吉緊咬著這句話不放。這名家丁對少當家的疼愛幾乎與其父母媲美，可說是養育一太郎長大的親人，這些事就連兒時玩伴榮吉都相當清楚。面對眼前兩人的咄咄逼問，點心店的繼承人一臉苦惱。

就在這時，從店門口傳來呼喊捕快的聲音。
「啊啊，在這裡。師傅，我找了您好久。」
從外頭出現的是徒弟正吾。他在清七手下做事的時日尚淺，雖然還不夠機靈，但這名年輕人的體力比別人要好上一倍。靠著健步如飛的雙腿，不管到哪裡都是跑著去，是日限師傅十分倚重的得力助手。
「什麼事？我在幫長崎屋老闆處理一些事。有什麼雜事之後再說吧。」
「在通往水戶大人宅院的那條路上，有個藥鋪老闆給人殺死了！」
「什麼！」
店裡三人同站了起來。
「什麼時候發生的事？」
清七一問，正吾便回說是大約一個時辰前。死者身分還不清楚。凶手馬上就逮住了。全身濺滿血跡，甚至還想動手砍殺聽到宅邸前面的騷動而前去探看的警衛。結果凶手就被屋內的武士們給制服。
「雖然那一帶不是師傅您的管區，不過凶手好像一直說些莫名其妙的話。白壁大人便派人過來，要師傅您到他那兒去……」
三人用像是要吞掉正吾的眼神瞪著他，讓他十分心驚膽戰。那名長崎屋的家丁，不知是否身體不適，臉色竟變得蒼白。

「聽說那人說的話，和襲擊長崎屋少當家的凶手說的話很相似。」

「通往水戶大人宅院的那條路，是指哪一條？是靠近昌平橋那兒嗎？」

榮吉插嘴問道。他的臉上同樣充滿驚恐。

「這個……我也沒去親眼看過……」

弟子這句回答，和捕快的聲音重疊在一起：

「榮吉，你早就知道少當家會到那一帶去嗎？」

「榮吉，到底是不是！」

家丁的手伸了過來，把一時語塞的點心店繼承人這麼抓住。捕快清七連阻止都來不及，榮吉便被單手抓住胸前衣領，高高舉了起來，臉上露出痛苦。

「少當家到哪裡去了！」

「住手啊，仁吉！這樣子是叫他怎麼說話！」

清七師傅這麼一說，仁吉才心不甘情不願地鬆開手，他的怒氣眞是驚人。在後頭看見這一幕的正吾，目瞪口呆地望著家丁。外表看起來如此修長俊美的男子，臂力和怒氣竟是如此讓人難以置信。

哎呀呀，要是惹這名家丁生氣可就慘啦！

清七只認識平常滿臉溫柔微笑，端著點心過來的仁吉。看來長崎屋裡裡外外都有許多不可貌相的人。

「你覺得被殺的人是少當家嗎？」

清七直截了當詢問榮吉。他剛從仁吉身邊逃開，肩頭劇烈起伏喘息著，身子打顫，臉慢慢朝向前方。

這個繼承人沒一太郎那麼有膽識。差不多要說出眞話了吧。

若換作少當家，不管是威脅還是利誘，只要他不肯說，就算拿扳手來也絕對撬不開他的嘴。

「我不知道啦。」

過沒多久，他便小聲以半哭泣的聲音說：

「一太郎叫我別說。他說他只求我這件事，要我千萬保密。」

「保密什麼？從來就沒聽說過……」

仁吉皺著眉頭，朝少當家的兒時玩伴望去。看起來好像對少當家不告訴自己和佐助，卻告訴朋友，感到無法置信。

「他特別拜託我絕對不能告訴仁吉和佐助。因爲他們一定會阻止。」

「所以才問你什麼事啊？」

「……松之助的事啊。一太郎的哥哥。他一直很在意這件事。」
「松之助？」
日限師傅聽到這些話，也一時反應不過來。哥哥？試著在記憶深處搜尋了一下，才想到好像在很久以前，長崎屋曾經發生某件大事。但是，當時的自己還是別人的手下之類的……所以記不太清楚。
少當家有哥哥？怎麼一回事？
這意料之外的自白，讓人無法接話。
「那爲什麼要到昌平橋那邊去呢？剛才你問過橋的事。」
「松之助他……現在，到北邊去幫傭了。在靠近加賀藩那一帶，江戶地區邊緣，有間叫東屋的木桶店……」
「這麼說來，那天晚上也是去那裡嘍？」
仁吉會過意後，不由得咬緊嘴唇。原來之前遭到襲擊的那一晚，一太郎也渡過了昌平橋。
「他是偷偷去跟兄長見面嗎？」
「還沒……我想應該還沒見到面。因爲要查出松之助在哪裡，也花了不少時間。而且又不能去問別人。」

原來是不能自由外出的一太郎拜託榮吉幫忙調查的。松之助的母親也已過世，所以她兒子的行蹤很難追查。

「總算查出松之助到木桶店去幫傭時，已經是今年春天了。一太郎很想見他一面，便出遠門去找他。他說看到了對方，卻沒敢出聲叫他。因爲不知道跟他說什麼才好。雙親當然也被蒙在鼓裡。而且在那之後……」

榮吉知道少當家在半夜時被凶手追殺之事。

「那人已經跟長崎屋沒關係了。是誰告訴少當家松之助的事？」

對著或許是因盛怒而滿臉漲紅的家丁，榮吉這回倒是很乾脆地回答：

「長崎屋老闆的親戚們啊。少當家說他很小就知道這件事了。」

「小時候就知道了……？」

榮吉這番話讓家丁全身僵硬。等於是自己養育成人的少當家，在漫長的年月裡，竟始終對這麼大的一件事保持沉默，實在令他無法置信。

少當家這個人果眞是個狠角色。

乍看之下是個像母親一樣溫柔的孩子；卻意志堅強，能保守祕密長達十年以上。若是身體也很健壯，一定是個讓雙親感到引以爲傲的繼承人吧。

但，兩種幸運不會同時降臨在一個人身上，此乃世間常理。

「總之，先去見白壁大人吧。要先確認被殺的藥鋪老闆是誰才行。畢竟少當家現在還行蹤不明啊。」

「少當家……長崎屋的嗎？」

被這句話嚇到的徒弟正吾，全身像棍子一樣僵硬地呆立著。

「榮吉，大當家他們正在擔心。可以幫我去長崎屋向他們仔細說明嗎？」

一聽家丁這麼說，日限師傅便問：「你不自己去解釋嗎？」仁吉搖了搖頭。

「我跟日限師傅您一塊兒去。要快點找到少爺才行……」

兩人跟著正吾一道離開。榮吉像是失去了全身的力氣似的，頹然坐在店裡的地板上。自己的摯友若眞在昌平橋一帶遭人襲擊，等於是自己引領他走向這條災難之路。

「一太郎……你眞的被殺了嗎？」

沒有任何人會回答他。

過了好一陣子，榮吉還是無法站立起來。

第六章 昔日

一、

「凶案現場就在水戶官邸的外牆旁呢。總不能任遺體擺在那邊吧？所以馬上就搬走了。」

滿頭華髮的白壁師傅領著家丁和清七，從水戶大人的宅邸朝昌平橋方向走了好一段路後，來到距學校①只要橫越兩條窄路之處的守望哨。

進到哨內，在六疊大的房間內，可看到此處常見的狼牙棒、鋼叉、長柄鐵勾等逮捕人犯用的工具。前頭有約兩坪大小的泥土地板，屍體就橫躺在那兒。放在草蓆上的屍首上頭又覆蓋了一張草蓆，外露的部位只有腳掌部分。

但是站在入口處的仁吉，一見屍首便大大鬆了口氣。

「太好了，不是少當家。」

「唷？長崎屋的家丁大人，由此便可得知是誰了呀？」

已有點年紀的捕快，嘴角露出微笑。因爲住在白壁町，所以人們常常直接以地名稱呼這名衙差，性格老實正直而頗受愛戴。但是他不喜幽靈，討厭魔術，怪力亂神的事件更是令他憎惡。

「難不成少當家的腳上有什麼記號嗎？」

①即位於湯島聖堂的昌平阪學問所（昌平黌）。

「我們少當家穿的木屐跟這人不太一樣，而且腳也沒那麼大。」

就算嘴上這麼說，但還是不能不再確認一次，便上前將草蓆掀起來看。出現在眼前的是一具男屍，年紀看起來比仁吉還大。

從家丁的肩膀動作，看得出他鬆了口氣。

「看來果眞不是少當家嘍？」

一聽白壁師傅這麼說，清七簡短答道：

「少當家眉目俊秀，若是個戲子，可是身價千萬吶。」

「這樣啊，那跟這人就不一樣了。」

說笑歸說笑，但這麼一來死者的身分只得從頭查起了。捕快思索著接下來的手續，不禁嘆了口氣。目前唯一得知的，只有事發時守衛在宅邸裡頭聽到的那些話。

「只知道他是經營藥鋪，其餘一概不知。」

捕快還不斷嘀嘀咕咕時，仁吉倒是很乾脆地說了：

「這人是本町三丁目的藥鋪西村屋老闆。」

兩名捕快同時回頭朝他看。

「你知道？」

「我們是同行，而且船運商行長崎屋也有運送西村屋的貨。因爲我們長崎屋時常經手藥材運送。」

只要被殺的不是一太郎就好了。仁吉恢復冷靜，繼續回答。

「記得他今年四十二歲，正逢災厄之年。西村屋老闆膝下無子，應該是讓女兒招贅的。」

「還眞清楚啊。喂，正吾。」

日限師傅呼喚弟子過來，吩咐他到本町三丁目去通知死者的親人。

「誰去叫他的家屬過來一趟。總也該讓他家人來見最後一面吧。」

派出底下的年輕跟班後，清七又再向白壁師傅說：

「本町的人被殺，跟我也有干係。這件事就讓我來調查吧。」

白壁師傅點點頭，清七又接著問：

「但是，在這之前明明還不知道死者的身分，爲什麼會叫我過來呢？正吾曾說，這件凶殺案和之前在我管區內發生的案子很像。」

「正是如此。」

一度鬆了口氣的白壁師傅源兵衛，面色又沉重起來。他先招呼他們兩人坐下，奉上熱茶。看來他似乎有話想說，但又不知該從何開口。

「把十手傳授給我的捕頭大人很是健談。之前日限大人您經手的那件案子，他也向我提過，就是殺害木匠的凶手，因爲想要給死人吃復活藥，而闖進藥鋪的事。」

「嗯，鬧得長崎屋天翻地覆的。然後呢？」

「那時的凶手不是定了死罪嗎？他在牢裡的樣子卻十分古怪。您聽說過嗎？」

「古怪？」

「那些殺了人的傢伙，就算臨到要處刑了，還是有人不知悔改。但是這個凶手自從被逮捕之後，不哭也不叫，淨是不斷說著藥的事。被殺害的木匠或家人的事卻隻字未提。只是一直不停地唸著藥的事。我上頭的官大人曾說，這事還眞有那麼點讓他心裡發毛。」

日限師傅和家丁互看了一眼。

「殺害此處這名死者的凶手，刺殺他時，也曾說了把藥交出來。這是聽逮住他的宅邸警衛說的。很奇怪的強盜吧？而且不管是藥盒還是錢包，都還掉在遺體周圍。這名藥鋪老闆懷裡有的東西，全都掏出來了。」

「都已經這樣，爲什麼還會被殺？」

對清七的提問，白壁師傅只是搖了搖頭。他要是知道爲什麼，就不會請管區在通町的捕快到這裡來了。

「殺人犯是住在伊勢町的泥水匠，名叫治助，今年二十有三。受雇幫傭了十二年，好不容易今年春天才從師傅那裡獨立開業。聽說連婚事都談過了。」

「已經知道是誰了呀？這種人爲什麼還會……」

「他在修業期間曾經出入這一帶的武士官邸。所以看他的長相就知道是誰了。」沒有借貸也沒有糾紛，更不像生了什麼病。也不是容易與人發生口角衝突的人，眾人對他的印象都還不錯。爲什麼會犯下這種案子？認識他的人都摸不著頭緒。

「眞討厭啊，這不是跟那個闖進長崎屋的賣菜小販長五郎很像嗎？」

日限師傅表情複雜，看似不經意地說出這句話。他的反應，白壁師傅都看在眼裡。

「果然很像吧？那個長五郎爲什麼會殺人，也還沒弄清楚吧？」

「是啊……」

兩名捕快相望。清七漸漸知道爲什麼會把自己叫來這裡。

「治助被抓到這哨亭來時，也說過他想拿到藥。但又表示並不是要藥盒裡的藥。問他是怎麼回事，也只會回答『不是這個』而已。眞是太詭異了。捕頭大人爲了深入調查而把治助帶走，眞是讓我鬆了口氣。」

白壁師傅投向清七的眼神彷彿是說：「對吧？很古怪的事吧？」

的確有幾處讓人想不通。就算把藥盒和錢包都交出來，也不搶走，仍然將對方殺害。他究竟想要什麼藥呢？

「我說仁吉呀。」

日限師傅突然朝默默待在哨亭一隅聽人說話的家丁說話：

「你說之前那個賣菜小販闖進長崎屋時，一開始是裝作客人對嗎？」

「是啊，正如之前所說的。」

他臉上寫著：「現在還提這事做什麼？」盯著熟識的捕快看。

「那時我不當一回事，所以就沒問。不過那傢伙是去買什麼藥？」

「這……」

一瞬間，家丁的話停頓了，但很快便嘴角帶著笑意回答道：

「他說要特別的藥、讓人添壽的藥……雖然不記得確切的字句，不過記得大致就是聽到這些。」

「講出這種話的人，你們還讓他進到店後面？」

對於日限師傅這句話，家丁以苦笑回應：

「沒辦法呀。因爲店裡有賣木乃伊嘛。」

這句話讓捕快們抬起頭來。

「木乃伊……不就是長生不老的藥嗎？長崎屋竟然有這麼了不得的東西呀。那他是衝著木乃伊而去的嗎？」

「我們本是這麼料想，不過卻非如此。他看到木乃伊的一瞬間，便嚷著不對、不是這個，接著就突然襲擊我們了。」

「到底他們眞正想要的是什麼？」

三人面面相覷。家丁慢慢搖頭。哨亭裡，沒有人能回答這個問題。

「說到那傢伙，他一氣之下竟把昂貴的藥給打成碎片，造成很大的損失呢。」

「那藥，那……眞的是可以長生不老的祕藥嗎？」

滿頭花白的捕快語氣熱中地朝藥鋪家丁詢問。大概是因爲他也到了對不老長壽這種字眼心生嚮往的年紀吧。

「白壁大人，您患了什麼病嗎？」

「不……哎呀，年紀到了嘛，沒辦法再像年輕時一樣了。」

「想長壽的話，與其買昂貴的藥，還有更好的方法。若爲身體著想，吃東西時就要多多留意。像雞蛋也是要每天都吃比較好。」

「眞的嗎？」

兩名捕快開始認眞考慮是不是該在院子裡養雞，此時從哨亭外頭傳來聲響。原來是正吾帶西村屋的人回來了。

他的家人出來尋找遲遲未歸的老闆，正好在路上遇到正吾。看似死者女兒的女子，眼眶早已泛著淚，讓出門前去應對的白壁師傅略顯難堪。因爲這表示哨亭裡的對話不知不覺當中已經讓這椿殺人案傳開了。

捕快開始和西村屋的人談話時，仁吉趁這機會打個招呼後便離開哨亭。一開始就是要來找少當家的，若被害人不是他，那他說不定還在這一帶走動。

聽說松之助幫傭的那間木桶店靠近加賀大人官邸。要到那一帶去的話，走這邊對嗎？

仁吉朝左轉，離開學校旁的小徑。很快便來到神田神社前的大路上。再走下去，前頭就是通到中山道的路了。急促朝北跨步向前，卻走沒幾步便停下腳步。家丁彷彿要抬頭朝天空望去般轉過頭，接著便保持不動。這時，他的嘴角突然露出笑容，轉身朝神社的方向走去。

一到達神社前便又駐足，彷彿領會到什麼般很快離開大路，轉而走向神社園內。在晴朗的天氣下，雖然往來行人很多，但寬廣的庭院內也有幾處只有麻雀在嬉戲躍跳。仁吉毫不猶豫地拐入右手邊細窄的參拜小路，走向其中一處只有麻雀玩耍的場所。

枝葉伸展的松蔭下，橫倒著一塊像小馬般巨大的平坦石塊。仁吉發現少當家正面帶微笑坐在石塊上；之所以一臉微笑，也許是微風輕拂使人心神舒爽之故吧。

看起來並沒有受傷，身體也沒有不適的樣子。仁吉心中湧起的寬心感，讓他鬆了口氣。但他馬上又繃緊神經、皺起眉頭，以冷淡生硬的聲音說：

「少爺，偷跑出來所以覺得累了是吧？」

「哎唷喂……原來是仁吉呀？」

見到家丁的少當家，臉孔不由得抽搐起來。大概沒想到會在神社內被逮個正著。

「少當家，今天在這附近，有位藥鋪老闆遭殺害了。」

「咦……」

看來他果然也對這番話感到驚駭，目瞪口呆。仁吉撇著一邊的嘴角，挖苦地說：

「就算只是少當家不見蹤影，也夠大家急得雞飛狗跳了。這件凶殺案的消息已經傳開，所以店裡已經天翻地覆了呢。直到剛才都還不知道死者的身分，老闆娘說不定已經急得病倒在床上了。」

「我什麼也……我又不是刻意挑這種時候跑出來。」

「藉口等回到店裡再慢慢說吧。」

如此斷然的回應，少當家也無法再回嘴。他垂著兩道眉毛，變成一副可憐貌。「走吧，快點回去了。」他在家丁催促下從石頭上下來。這時……

「啊，稍等一下，我還有事要交代。」

仁吉回頭說：

「鈴彥姬！妳在吧？」

一呼喚鈴鐺付喪神的名字，便傳來微弱鈴聲回應。仁吉就是聽到這鈴聲，才會知道少當家在哪裡。沒什麼事也沒有力量的妖怪，大白天就出來走動，竟然是在與某人談話。

一定是跟少當家在一起，才會循聲來到這裡。

「聲音被你發現了呀？感覺眞是敏銳。」

在呆若木雞的少當家旁，仁吉滿臉不悅。仁吉對付喪神說的話，也嚴苛了起來：

「妳這傢伙，明知道少當家要去哪裡，竟然還敢瞞著我們？」

「仁吉，你已經知道我要去哪裡了嗎？」

一太郎聲音僵硬，大概沒想到連這件事都已經曝光了。家丁不予理會，繼續對付喪神說：

「榮吉在調查的事，妳也幫了忙吧？只要少當家開口拜託，妳大概也不會拒絕，但爲什麼要瞞著我？」

討饒似的微弱鈴聲傳了過來，與少當家抑鬱的說話聲重疊：

「……這樣啊，是榮吉講出來的。」

「您今天去見那個叫松之助的人了吧？」

仁吉直直逼視過來。少當家搖了搖頭，說：

「沒見到面。他不在，店裡有事叫他出門去辦了。所以本來是想直接回去。」

好不容易到了江戶地區的邊界一探，對方卻剛好不在。雖然很快就乘了轎子踏上歸途，卻覺十分疲累。想說在這裡休息，附近路口就叫得到轎子，便在中途下轎，在神社裡稍事休息。

「那，休息夠了嗎？快點回去吧。話先說在前頭喔，店裡可真是鬧得人仰馬翻。」

仁吉臉上的魄力比平時更添數倍，少當家也只能乖乖點頭。家丁彷彿要抱著少當家似地催促著他；旋即又停下腳步，回頭說了聲：

「之後再回來好好聽妳怎麼解釋。」

丟下這句話給付喪神後，便離開神社。

「對不起呀，鈴彥姬。」

少當家的聲音越來越小，最後消失在神社裡。

二、

「到底是哪個大笨蛋告訴你松之助這名字的？」

看到許久不曾動怒的父親暴跳如雷，少當家半點不假地露出畏懼。

船運商行後方的客廳、平常長崎屋藤兵衛使用的房間及隔壁的房間，隔間門全都拉開，成了一整間。以長崎屋當家為首，少當家、眾家丁、總管及奶娘阿熊，全都集合到這裡來。不見母親阿妙的身影，是因為這次騷動令她身子不適，正在床上歇息休養。

來到這房間之前，雖然也曾到母親的寢室露個臉，讓她安心，卻反而讓阿妙在床上哭了起來，一太郎十分苦惱。

雖然也曾想過總有一天會引起騷動，但是……

他知道一說出松之助這個名字，絕對沒法輕易了事。但是他怎麼也沒想到竟會牽扯到凶殺案。

「一太郎！為父的我差點連魂都給你嚇飛了！榮吉跑來通知說有藥鋪老闆被殺……還說仁吉衝出去確認了……」

一聽到這消息，阿妙便暈了過去。佐助也丟下船運商行那邊的工作，為了打聽詳情跑到外頭去。總管從店頭跑來通報此事，讓藤兵衛霎時啞然失聲……之後店裡上上下下果真變得雞飛狗跳，幾乎連屋頂都要掀掉了。

「大當家說……如果繼承家業的兒子沒了，長崎屋就要收掉不幹……情急之下，今天便先關門不做生意，全體出動去找少當家您了。」

船運商行總管，眼前泛著剛剛才浮現的淚光，朝一太郎哭訴。究竟是擔心少當家的安危，還是突然聽到要歇業而飽受震驚，雖然不知他心底想什麼，但對總管來說，今天確實是個會讓人眼眶泛淚的日子。

被告知今天就要把店收掉不做，對這些來幫傭的人還眞是個難以承受的惡耗啊。

沒想到父親竟會說出這種話。身爲繼承人的兒子或許的確很重要；但是少當家也曾好幾次徘徊在生死交界幾乎喪命，截至目前，應該也數次面臨比這回更讓人絕望的情況……一太郎心裡總覺得父母應該心底有一定的覺悟了。就算繼承人沒了，收個養子來繼承店鋪乃是世間常態，長崎屋當然也應該會這麼做。

不過，父親卻有不同的想法。

這就是爲什麼除了雙親和家丁，連幫傭的人都有立場來責備他做傻事。接下來除了低頭認錯，也別無他法。

「榮吉說是親戚們告訴你松之助這個名字的……是眞的嗎？」

藤兵衛往前探出身子，向他詢問。排排站在房裡的人，腦袋像風吹過的蘆葦般，一同往一太郎的方向轉過去。這下就算想再保持沉默也很困難。要是試圖矇混敷衍，不知還會被逼問到什麼程度。少當家只好無可奈何點了頭。

「哪個親戚？」

父親的聲調尖銳起來。但少當家也只能回以苦笑。
「早就不記得了。記得差不多就是一群人在講。」
「一群人？你是指老是有人跑來跟你說松之助的事嗎？」
「爹，伯父他們怎麼可能會特地跑來對我說哥哥的事嘛。總而言之……在我身子很差的時候，他們不是會來探望嗎？就是那時候的事。」
就是說，在有病人休養的房間裡，討論一太郎死後會由誰繼承。這麼一來，當然會提到被送走的藤兵衛之子松之助。
爹還有別的小孩？跟外面的女人生的小孩嗎？
當然並不是所有人說的話都能讓躺在床上的一太郎聽懂。但聽了幾次後，內容串連在一起，便也理解話中之意了。
「其實對伯父或叔母他們來說，與其讓哥哥來繼承這間店，他們心裡好像比較想讓自己的孩子過繼過來。」
「在因病而痛苦不堪的少當家床邊，討論這孩子死掉後，說不定會由自己的孩子來繼承這間店？是這樣嗎？」
佐助今天的聲音格外低沉。一太郎不禁覺得，那些嘴碎的親戚不在場眞是萬幸。這名家丁不但一身怪力，妖怪的感覺認知也和世間常理有微妙的差距。明白地說，即便是主人的親戚，也會毫不遲疑地馬上把人教訓一頓。伯父他們還是暫時不要靠近店裡才是上策。

坐在主位的藤兵衛，表情猶如喝下店裡最苦的藥。

「那些愚蠢的親戚。我原本只是這裡的家丁，是讓阿妙招贅進來才接下這間店，並不是長崎屋的血緣。你是唯一的血脈，要是有什麼萬一，長崎屋就要收掉不做，絕對不會讓別人繼承。我是這麼決定的，阿妙也知道這件事。」

「爹，爲什麼要這樣？我們又不是武士之家，沒必要這麼重視血統啊。從女婿的老家或妻子的娘家收個養子，並不算少見，不是嗎？」

一太郎沒死就不會發生的事，卻由他本人說了起來，實在奇妙。雖然少當家的問題是如此認眞，藤兵衛的回答卻完全不對題。

「最重要的就是你一定要平安無事。你說是不？」

「但是讓別人繼承的話，店裡的人就不必再擔心了。反正我身體這麼差……」

「所以你才想跟松之助連絡嗎？我話先說在前面，長崎屋和松之助已經沒有任何瓜葛。不管是在此之前還是從此之後，都不相干。你也該認清這一點。」

「可是爹……」

「一太郎！」

被大喝了一聲，少當家縮了縮頭。這難得一見的光景讓店裡眾人個個瞪大了眼睛。寵溺兒子到讓人窒息的藤兵衛，居然會對一太郎大聲斥喝。搞不好接著就要下起顛覆季節與常識的紅雪了。傭人們的目光飄忽游移著。

「這件事到此爲止。不要再跟松之助扯上關係。你也不可再溜出去，讓大家爲你擔心了。外面最近不太平靜呢。聽到了沒？知道了吧？」

「……是。」

「你也不該再讓阿妙更加擔心了吧？」

父親的聲音突然變得柔軟且疲累。用溫柔的語調說話，更能打動聽者的心。看到一太郎垂頭喪氣的樣子，藤兵衛將對話告一段落：

「好了，各位，該回去幹活了。今天該做完的事還多著呢。」

才一過中午，店裡的人就全體出動去找少當家，所以貨物都還堆放在泥土地上，既沒分裝也還沒配送出去。晚餐當然也耽擱了。總管和阿熊也急忙回到自己的工作崗位。

這時，一名年紀較長的童子，彷彿跑錯方向似地從店門前跑來。童子有如跳進水裡似的一屁股跪坐在藤兵衛面前。

「大當家，不好了！少當家出事了！」

「你在說什麼？」

「剛才有人來通報說少當家可能被殺了。」

「……看起來不像已經死掉的人呢。」

聽到側著頭往後邊看的藤兵衛這麼說，童子回頭一看，發出「咦？」的短短一聲，往後摔了個四腳朝天。

「我現在沒事喔。」

站在房間一角的一太郎，砰砰地拍了拍自己的身體給童子看。

「我有腳，影子也很濃。幽靈可不會白天就毫不在意地跑出來嚇人哩。」

「是誰要你跑來通報這件事？」

藤兵衛以難以言喻的表情這麼一問，童子便面紅耳赤地回答：

「剛才捕快的弟子正吾來店裡……」

「是誰？把那人叫來這裡。」

飛快衝出去又回來的童子，立刻將消息的源頭帶到房裡。正吾還沒坐下就先認出少當家的臉，眉尾立刻大大向下彎曲，擠出笑臉。

「太好了，您平安無事。」

「怎麼回事呀？剛才還正在聽我自己的死訊呢。」

當事人笑著這麼說，正吾抓了抓腦袋，說：

「確實是有藥鋪老闆遭到襲擊，再加上聽到少當家行蹤不明，所以就……」
「若是那件事，已經知道死者身分不是嗎？」
仁吉從旁插話。他才剛從遺體和白壁師傅那兒離開。
「死者的家人不就是正吾你帶到哨亭去的嗎？」
「那是西村屋的老闆吧？不是那件案子。這次又遭襲擊的人還不知道姓啥名啥呢。被刺殺之後，甚至還從兩國橋上給推到隅田川裡去了。」
「被殺了嗎？又是藥商嗎？」
少當家目瞪口呆。還留在房裡的人全倒吸了口氣。若把一太郎也算進去，短期間便有三名藥鋪老闆遭人襲擊，其中兩人已經死亡了。
「怎麼會……」
「這次凶手還沒抓到。目前連一點線索也……」
「從你到這裡的時間來看，死者的身分應該還不知道吧？」
「那爲什麼會知道是藥商呢？」
藤兵衛和家丁接二連三發問，正吾拚命回答：
「那是聽守橋的老爺爺說的。今天太陽很大，老爺爺就把哨亭的門窗全都敞開，所以瞥到凶手一眼。老爺爺說是跟他差不多年紀，滿頭花白的人，那人還說了奇怪的話。」

那名老人從哨亭前經過時，看來並沒什麼異樣，獨自一人下著將棋的守橋人也沒特別去留意。但是……

「你是賣藥的對吧？」

聽到這句話，似乎吸引了他的注意，因而站起身來想看看情況。這時便從外頭傳來大叫聲，而且竟是求救。

守橋的老爺爺跑到外頭一看，正好看到那名頭髮花白的男子拿出像利刃般的東西，迅速刺向另一人。

「你在做什麼！」

凶手恍若未聞，將被刺殺的那名男子給甩開。遇刺男子全身倒伏在橋邊欄杆上，就這麼一滑，掉到下面的河裡去了。

「花白頭髮的男子先是出聲確認對方是不是藥商，接著才要對方交出藥材。藥商把藥盒裡的藥交出去後，對方突然生氣說道不是這個，接著便將對方給殺害……」

因爲正值白天，路上人來人往，但眼前不但有利刃揮舞，還有個大男人就這麼掉進河裡，把大家都給嚇傻了。行凶男子轉眼間便逃往熱鬧繁華的商店區，一下就混進人群中，不見身影。

守橋的老爺爺慌忙跑到河邊，拚了老命告訴船主有人掉到河裡去。正吾到達警哨時，還沒找到落水的藥商。

「所以擔心是我們家一太郎，便跑來通知是嗎？眞是不好意思啦。」

藤兵衛這番話，讓正吾羞赧地搔著頭，說：「忙中有錯，抱歉驚擾各位了。」他靦腆的笑容，讓房間裡因聽到殺人案件而緊繃的氣氛緩和了下來。但當一太郎轉頭朝旁一看，一名家丁的表情卻還是十分僵硬。

「怎麼了，仁吉？表情這麼嚇人。」

聽到少當家的疑問，家丁皺起眉頭。

「我聽說今天早上襲擊西村屋老闆的凶手，也說過同樣的話。一開始叫人把藥交出來，還有拿到藥盒卻對其中藥品不滿意等等。最後也是一氣之下就把對方給殺掉了。」

「那麼，說不定是同一個凶手囉？那傢伙又殺害了別人……」

這句話讓正吾搖了搖頭。

「少當家，這是不可能的。我聽白壁大人講過，殺害西村屋老闆的傢伙還很年輕，而且當場就逮到了。現在應該正在審訊中吧。」

「爲什麼不同的凶手會說出類似的話，還襲擊藥鋪老闆？」

無論是誰，心中一定都浮現這樣的疑問，卻遍尋不著解答。對話在中途便止住，沒人再繼續開口。明明是溫暖的白天，卻有好幾人莫名感到有股寒氣襲來，而縮起了脖子。

這時，弟子正吾咕溜地朝藤兵衛鞠了個躬。

「總之只要少當家沒事，那我就放心了。還得去報告師傅這件事，這就先告辭了。」

「辛苦你了。我們也會多加小心。」

和剛進來時一樣，正吾的身影轉眼之間便消失無蹤。

留下來的，只有揮之不去的不安。

三、

「我說仁吉啊，你覺得這是怎麼回事呢？」

「您指的是？」

「藥鋪老闆遭襲擊的事情。爲什麼非得被問些莫名其妙的話，然後還被殺掉不可呢？」

「大概是因爲怎麼有這麼開朗活潑、腦筋短路的人在街上遊蕩，讓人忿忿不平吧。」

「加上襲擊我的那個賣菜小販就有三人了，難道三個人全都是因爲這樣才生氣嗎？」

少當家一臉不滿地咬著艾草糰子。擅自離家後已過了三天，少當家一直被關在別館裡。明明沒生病卻不讓他到店裡去，有一半是之前那件事的處罰，一半則是因爲三天前的殺人案還沒抓到凶手。

要是殺人凶手出現在店裡，就太可怕了，所以阿妙相當排斥讓一太郎到店裡去。不只是長崎屋，只要被稱作藥鋪的店家，這陣子都過著心驚肉跳的日子。已經接連有三名同行遭到襲擊，下次不長眼的利刃會以哪間店爲目標呢？在騷動不安的謠言滿街飛舞的時刻，沒有半個藥商敢一個人出門亂走。

就算是店裡的傭人，外出時也一定會兩人以上同行。

這下子要什麼時候才能到外頭去呢……

早知道，當初果然不該把那晚在路上遇襲的事放著不管。因爲哥哥松之助的事令他掛心，實在很難完全專注在殺人案上。沒多久在自家店鋪裡大鬧的凶手也被逮捕，便以爲事情會就此告一段落，只留下尚未解開的謎。

「當時要是能全部說明清楚，或許之後也不會演變成有連續殺人案了吧。你不這麼覺得嗎?」

「少當家,請不要以爲編造些巧妙的理由,我就會放你到外頭去喔。」

「我又沒說我要出去!」

和妖怪之間的對話仍舊是雞同鴨講。一太郎喝下仁吉替他沏好的噴香熱茶,將丸子送進肚裡後,一邊沉浸在思緒中,一邊又捏起一個沾滿黃豆粉的艾草丸子。

「喔,今天食慾不錯呢。」

少當家邊看著妖怪高興的表情,邊把鬆軟卻有嚼勁的艾草丸子塞進嘴裡。

「這是榮吉做的喔。他啊,如果是非紅豆餡的甜點,這陣子手藝倒是有點進步了呢。」

「非紅豆餡的甜點是嗎?像糯米糰子,或白糖年糕之類吧。還眞是出乎意料之外呢。」

「還好啦。」

就如同一太郎所說,榮吉因爲幫忙探尋松之助的行蹤,所以下場似乎十分凄慘。

家丁們不但對他說了非常狠毒的話,連長崎屋的藤兵衛,也爲了要他之後別再跟松之助扯上關係,而派人到三春屋去對他一再叮嚀。所以這件事便在他雙親面前曝了光,讓他挨了一頓漫長的責罵。

榮吉表示，就算他沒被罵，一想到自己寫的便條可能會變成一太郎遇害的原因，就已經夠讓他魂飛魄散了。

因爲自己的過失，而給兒時玩伴添了麻煩。就算如此，這個好友還是替關在房間裡的自己送來慰問的糰子，讓少當家打從心底感謝。

如果我也能出點力，幫忙消除他的煩惱就好了。

雖這麼想，但問題還是在榮吉製作甜點的技巧上，沒有一太郎能插手的餘地。沒辦法，只能偶爾當當朋友訴苦的對象。

唉，也只能就做得到的部分，儘量幫他了……

也許是看到少當家肯安分待在不倒翁圖案的火盆旁吃著八時的點心，因而感到安心吧，仁吉沒多久便到藥鋪去了。仁吉和少當家都不在店裡，就沒人會調藥，這可傷腦筋了。要是兩人都長時間不在店裡，藥鋪就開不下去了。

一人獨處後，一太郎將數個糰子分裝到小碟子裡。屛風覻最喜歡這種當令的甜點。把糰子和茶一起盛放在小茶盆後，少當家便出聲邀請那位許久不曾現身、喜好華麗打扮的妖怪。

「仁吉已經走開了，一塊兒吃糰子吧。」

「哎呀呀，好嚇人唷。少當家怎麼突然這麼好心啊？您在打什麼鬼主意嗎？」

嘴上這麼說，卻還是受今年最初的艾草糰子給吸引的妖怪，先從屏風裡露出了衣袖。

「這好像是榮吉做的，眞的好吃嗎？」

「嚐一口看看不就知道了嗎？」

屏風覷照著他的話，塞了一個進嘴裡後，露出了微笑。看來是挺合他的胃口。

「要是平常也能做得這麼好，他父母也不會嫌東嫌西了。」

「問題在紅豆餡，不管怎麼做都跟他不對盤……」

妖怪邊笑，邊朝向少當家坐好。一聽到有好吃的糰子，角落的陰影裡便傳出鳴家們清晰可聞的吱吱嘎嘎聲，沒多久便冒出身影，房間裡一下子變得熱鬧非凡。屏風覷提醒正拿著糰子、分給坐在膝上的鳴家享用的一太郎：

「要是分給鳴家們吃得一個不剩，你要怎麼解釋？總不可能說是自己把這個盤裡的東西全吃光吧？」

「沒問題。我會要仁吉說是把剩下的拿去分給乞丐了。這是常有的事，不會被發現的。」

鳴家們一起喝著倒進寬口茶碗中的茶，顯得十分開心。其中一隻伸手想拿屏風覷的杯子，被屏風覷用指頭彈開，滾倒在一旁。

「喂，這不是你的唷。」

屏風覷朝著正前方，直直盯著把滾倒在地的鳴家扶起來的少當家。感受到他的強烈視線，一太郎開口說：

「怎麼？是不是有話想說？」

「有話想說的是少當家吧？因爲有事想問，所以才叫我出來。若非如此，又何必這樣招待我呢？」

「這話好傷人啊。我不是在屏風前擺過許多次點心嗎？你之所以沒現身，還不就是因爲那陣子在鬧彆扭嗎？」

「哼。那，你想知道什麼事？」

一太郎視線落到榻榻米上，沉默不語。但很快又抬起頭來，直接問妖怪：

「屏風覷，生下松之助哥哥時，你已經在這個家了吧？」

妖怪一聽，雙眼爲之一亮。

「原來如此，你要問的是這件事。」

待在別館裡的屏風覷，並不會知道少當家在別館外頭發生哪些事。但是這幾天少當家明明沒生病，卻一直待在別館，這名妖怪也知道是因爲跟松之助這名字扯上關係。

「佐助他們來到這個家時，哥哥已經跟長崎屋斷絕關係了。但是你從以前就待在這個家，應該會知道吧？我爹爲什麼會把松之助哥哥當作外人看待呢？」

「很難解釋爲什麼。只能說原因很多吧。」

「原因很多？什麼意思？」

「眞的要聽？會聽到雙親惹人非議的部分喔。」

屛風覷帶著一絲薄笑這麼說，讓一太郎頓時感到畏怯。但他馬上又催促說：「沒關係，告訴我吧。」

這次屛風覷對他回以一個清楚大方的笑容，說：

「那我就說嘍，這件事跟長崎屋的老闆娘，也就是跟你母親阿妙有關。」

「我娘？這是怎麼回事？」

對著摸不著頭緒的一太郎，屛風覷開始說起十多年前的事。

「創立長崎屋的人是少當家的爺爺，也就是長崎屋伊三郎。聽說是從九州那一帶來的，不過詳細情況我也不很清楚。我來到這裡時，他已經是個了不起的大店老闆，在通町闖出名號來了。」

屛風覷裝飾在主人房裡時，雖然倉庫還只有一間，但已經建造完畢，獨生女阿妙也十歲了。

「阿妙小姐現在雖然也很美，不過那時候眞的就像人偶娃娃般惹人憐愛。」

隨著長崎屋營收逐年俱增，阿妙也因才貌雙全而馳名遠近。一太郎未曾謀面便已過世的祖母阿銀，原本就以容貌氣質極具魅力而十分出名。貌似母親的阿妙，也很快便聚集眾人眼光於一身。

「約到她十四歲時，提親的請求便等不及地如雪片般飛來。明明一再說過不可能把獨生女阿妙給嫁出去，但是說什麼都想跟她成親的愛慕者卻還是多到數不清呢。當中也有知名大店或身分崇高的武士之家，暗地派人來談親，因為實在是不太好拒絕，所以那時讓大當家相當頭痛呢。」

正因如此，才想還是儘早定下親事，以免後患。伊三郎詢問女兒的意見時，卻被突然冒出來的店內家丁名字給弄得手足失措；妖怪說到這兒，也忍不住笑了出來。

父親問女兒，為什麼會在多到可以堆成山的人選當中，挑上家丁呢？女兒卻很直爽地回答，因為這是第一個對她表示愛慕的人。

「藤兵衛只要一抽出空檔，就會跑去向大小姐說上許多肉麻得讓人起雞皮疙瘩的情話。與不認識的男人相比，阿妙當然比較喜歡瘋狂迷戀自己的家丁嘍。」

伊三郎雖然一開始不同意，卻拗不過萬般疼愛的獨生女。對小孩太過寵溺這一點，搞不好是長崎屋的傳統。

「藤兵衛是個做事能幹的男人。店裡的事，與其交給從不同業種的大店招來的贅婿，不如交給自己訓練出來的家丁，還比較安心；伊三郎就是看中這一點，才允許兩人結爲夫婦。」

入贅之事傳了開來，爲數龐大的上乘女婿候選人，竟被一個家丁給比了下去。這事不但登上瓦版報紙，更在理髮店裡被大家談論不休，鬧得沸沸揚揚。

順利互結連理後，長崎屋得到一個絕佳的繼承人，變得越來越繁盛。夫妻感情融洽，伊三郎的妻子阿銀更是以自家的女婿爲傲。

但是，有個缺憾。那就是怎麼樣也生不出小孩。

長崎屋是由九州地區來到此地的伊三郎所創立，並沒有其他親戚。所以伊三郎極度渴望有個能繼承血脈的後代子孫。

雖然如此，生不出來就是生不出來。反正夫婦兩人都還年輕，就等等看吧；等著等著，等到第六年，終於等到了期盼不已的孩子。

「老闆娘和大當家都相當欣喜。又因爲這個在滿月時生下的嬰孩是個兒子，更是讓眾人雀躍萬分。」

「那是……我那位已過世的哥哥嗎？」

「你也知道啊？那孩子生下來不到三天就往生了。名字都還沒取好呢，就離開人世了。」

「我娘一定哭了吧？」

美麗纖弱又楚楚可憐的阿妙，好不容易盼到的孩子卻撒手人寰，當然悲傷得連站都站不起來。

「頭胎生產就是難產。醫生說老闆娘再也沒機會懷孕了。所以對她更是個沉重的打擊。」

「咦……可是我不就在這兒嗎？」

少當家驚訝的表情讓屏風覷笑了出來。專心聆聽兩人對話的鳴家們，就這麼坐在地板上，眼睛咕嚕咕嚕地轉來轉去。

「雖然醫生這麼說，但大概也是推測而已。這世上啊，只要自稱是醫生，從那天起他就是醫生了。不過對於被宣告此事的夫妻倆來說，還是非常沉重。」

阿妙失去孩子後，便病倒在床。把妻子當花朵般呵護有加的藤兵衛，比失去孩子還更加操心妻子的健康。

「失去孩子，甚至連獨生女的身體都搞壞了，讓長崎屋老闆夫婦相當沮喪。已經沒有機會留下自己的血脈。他們說乾脆就把店給頂讓出去，帶著阿妙到有益養生的溫泉鄉去隱居好了。」

「怎麼這樣……那我爹他怎麼說？」

「藤兵衛當家那時還沒繼承店鋪。畢竟是入贅來的女婿，原本只是個住在長屋裡的工匠之子，所以當然沒立場說話。」

這時，藤兵衛有個親戚到店裡拜訪。這人就是往後說出松之助這個名字讓一太郎知道的那群親戚之一。之後的談話因爲是在店外說的，所以屏風覷也不太清楚。但是，談話的結果在一年後，便全店皆知了。

藤兵衛在外面跟人生了個孩子。他把那孩子帶來，想跟阿妙商量是否可以收養他。

「那就是……松之助哥哥嗎？」

「正是如此。呼，那時可眞引起好大一陣騷動呢。」

阿妙不肯點頭。她不但不同意，還哇地哭了出來，說是藤兵衛變了心，連是不是要兩人離婚分手都說出來了。阿妙雖然十分寵愛一太郎，但看來她不是誰的小孩都能無條件疼愛。

更糟的是，連阿妙的母親阿銀也強烈反對收養女婿在外面生的孩子。她說眞要這麼做，還不如把店給收掉算了。兩個女人都不願意，只好馬上把小孩送回生母身旁。

「本來以爲眞的會鬧到離婚收場，不過阿妙似乎還對藤兵衛有所留戀，所以沒分手。那些女傭都謠傳，這算是阿妙對小孩母親的一種示威。」

「我爹爲什麼要叫我娘收養在外面跟別人生的小孩呢？」

一太郎百思不得其解，搖了搖頭。屏風覷看到他這樣子，彎起一邊的嘴角，笑著說：「少當家，你果然還是個小孩子。

「不管是阿妙也好，還是好不容易才入贅進來的這家店也好，藤兵衛都不想與之分開。他不希望伊三郎當家把店收掉，帶著阿妙離去。他認爲要是有個孩子，阿妙也能接受這個小孩的話，說不定事情能有轉圜。所以才下了這種賭注吧。」

但是，阿妙討厭別的女人生的小孩。

而且就算醫師表示生育已無望，她還是表示想自己生下孩子。爲了想要懷孕受胎，她開始到附近的稻荷神社虔誠參拜。就算周圍的人都以會傷到身子的理由勸阻她，也聽不進去。無論早晚，全心全意來回奔波參拜。

就是在這時，伊三郎爲了讓阿妙不必出遠門就能參拜，才在店內搭建了那座小小的稻荷神社。

「就是因爲如此，結果還是沒有收養那個孩子。聽說那個母親拿了一點錢，帶著嬰兒，跟一個本鄉②的工匠結成了夫婦。」

就在覺得事情應該就這麼平靜下來的當兒，明明還很年輕的老闆娘阿銀卻突然去世了。

「藤兵衛當家心裡暗忖：這下子岳父應該會把店給收掉，他也得跟阿妙分開了吧。

②日本舊時行政區區名，位於今東京都文京區東南部。

一切的不幸都始於松之助的出現。藤兵衛看起來似乎非常後悔在外頭生了這個孩子。生他下來半點好處也沒有。他到現在仍不覺得那個孩子可親可愛，大概是這件事造成的吧。」

「……這又不是哥哥的錯。」

「話是這麼說，但人都是自私自利的啊。不過到了此時，事情也有了轉變。」

明明已經宣告得子無望，阿妙卻懷孕了。「那就是你啦。」平安順利生下來一看，是個男孩子，這下終於有了繼承人，眾人皆為此歡欣鼓舞。

「大概是從這時候開始，松之助的事對大家而言，就變成一個說不得的禁忌了。」夫妻的感情回溫，店鋪也繼續經營下去。把不愉快的回憶拋棄，留在過去，繼續去過未來開心的日子。這才是眞心話。

「所以事到如今還跑出松之助這名字，大家才會嚇得手足失措。那是早就被忘掉的名字，也是假裝被忘掉的名字。」

屛風覷笑咪咪地做了總結。他把身子往前傾，盯著少當家的臉看。

「你這傢伙也眞是的，爲什麼要提到松之助？雖然長崎屋是間大店，不過你看來不像是爲了這間店著想。到底是怎麼回事？」

「我只是……想見見他而已。只是想確認自己有個哥哥在，如此罷了。」

「眞的嗎？這麼說來，有錢人收個三妻四妾或是在外頭有私生子，並不算少見。你眞的那麼有興趣嗎？」

妖怪的視線始終不離開一太郎。直到少當家終於肯吐實了，妖怪還是盯著他看。

「知道了啦，我說就是。我一聽到生下來的是個男孩……就很想親眼去看看他。」

「因爲是男孩？」

「那個男孩一定身體強壯，像爹一樣高大。絕對會讓我希望自己也能生得跟他一樣。也一定不會時常臥病在床，或徘徊在生死關頭，令人操心。如果跟我交換過來出生，大家一定都很高興。一想到這樣，我就怎麼也忘不了他的事。」

少當家笑著表示，連他自己也不認爲是因爲想與哥哥親近，才去見他。屛風覷的目光始終不曾離開，一直盯著他看。

但是眞要去見哥哥時，卻一直碰不到面。大家好像都把松之助的事給忘掉了。就算問父親哥哥的事，也只說成是襁褓中便已夭折的那個哥哥而已，甚至有種不能再往下問的氣氛。沒辦法，只好去問年資久遠的總管，但一說出松之助的名字，卻被嚴肅地告誡千萬勿再提到這三個字，否則會惹得老闆和老闆娘不高興。

「哥哥的事情不能在長崎屋裡問；從那天開始，我就了解到這一點。」

後來只好請榮吉幫忙調查，這才發現松之助的處境十分寂寞淒涼。母親已經往生，以長崎屋給的錢來開設的小型木桶店，似乎也交由弟弟繼承，松之助則到別家木桶店去幫傭了。看來和繼父之間似乎也處得不怎麼好。

「所以更覺得非去看看他不可，才會出門去他幫傭的地方。沒想到竟在回來的路上碰上殺人凶手。」

「少當家因為要去見松之助而差點被殺。對你哥哥來說，情勢更加惡劣呢。」

聽那些女傭說，阿妙把松之助講得瘟神似的。聽到這句話，一太郎抱住腦袋瓜，說：

「看來要好一陣子不能去見我哥哥了。」

「本來就無法事事都盡如人意嘛。」

屏風覷很難得說出不帶嘲諷味的意見。

正當妖怪為自己重新沏壺茶的當兒，少當家房間的紙糊拉門，突然迅疾地拉了開來。

「佐助！怎麼搞的？臉色這麼難看。」

直直站在走廊上的家丁呼吸紊亂，大概是從店裡一路奔跑過來吧。佐助看到少當家他們的樣子，驚恐的表情稍微緩和了下來。

「怎麼了，犬神？我又從屏風裡跑出來了，你有何不滿嗎？」

屏風覷語帶諷刺的字字句句，似乎都沒傳進佐助的耳朵。佐助皺起眉頭，宣布不祥的消息：

「以胃藥『安香湯』聞名的柳屋，他們家的少主人被殺死了。」

第七章
緣由

一、

柳屋的守靈夜，席位間只有少數幾位藥鋪同行的身影。

因為和長崎屋有業務往來，所以由藤兵衛出席，一太郎則被留在家裡。眾人皆不知該如何應付這種不祥之事。若輕率外出，只因跟藥材買賣扯上關係，說不定便會遭人殺害。短短幾天之內，遭襲擊的藥鋪老闆至今已達四人。日前在兩國橋上遇刺的藥鋪業者，雖然已知是堀江町的天城屋老闆，遺體卻還沒找到。

凶手不是抓到了，就是有人目擊到長相。但無論是哪件案子，下手襲擊的皆是不同人，卻都說著相似的話，朝藥鋪老闆揮刀。他們全都說想要藥，但就算把藥盒或錢包交出來也沒有用，仍舊遭襲擊刺殺。

更奇怪的是，這些凶手都看不出會跟刀光血影扯上關係，淨是些老實又正經的男子。

這一連串離奇事件，經由口耳相傳，進而登上了瓦版新聞紙。文章旁還添了幅駭人的插畫，用精緻的專業筆法，畫上一名可憐的藥鋪老闆，正遭有張劇曲人物臉譜、高大入雲的巨男給持刀砍殺。

根據上頭寫的文章來看，似乎是懷疑藥鋪老闆們招惹了什麼不乾淨的東西，才會慘遭作祟。

之所以會有這種想法，是因爲柳屋的不幸事件。柳屋的當家也很在意自己的家業可能被凶手盯上的傳言，所以外出時一定至少兩人以上結伴同行，當家或少東則乘轎出門。這些措施可說是相當謹慎小心，應該不會有機會遭襲才對。

但是……

身爲繼承人的兒子卻是在店裡遇害。凶手是長年在柳屋出入的園藝師傅。和前三件案子一樣，他是個老實正直、勤奮工作的人，周遭的人都不明白他爲什麼會突然揮舞起利刃。

二、

「我說啊，你不覺得這件事怎麼看都很古怪嗎？」

在長崎屋的別館裡，一太郎邊啜著熱茶，邊詢問身旁的好友。因家丁的怒氣終於消退，而得以進到別館的榮吉，在大大敞開的紙糊拉門前，將帶來的糰子裝在小盤子裡。天氣晴朗，柔和的陽光傾瀉在外頭的走廊上，沾上醬油燒烤而成的糯米糰子，散發美味的焦香。

「你是說藥鋪老闆遇刺的事嗎？你要是又被襲擊可就糟糕啦。要小心點才好。」

「我現在的生活可是再平穩也不過了。因爲這陣子除了我爹娘和家丁外，都不讓我見任何外人。」

聽聞柳屋少東是遭出入家中的園藝師傅給殺害，老闆娘阿妙便著了慌。寶貝獨生子說不定又會被誰襲擊，她擔心恐懼得幾乎害病。就算告訴她不會再被凶手盯上，她也只是不斷搖頭。

拜此所賜，以爲終於能獲准到外頭透透氣的一太郎，還是繼續待在別館裡。

這還不是一天兩天而已，也不知會禁足到何時。家丁們察覺到他開始焦躁不耐，才把榮吉喚了來。松之助那件事，似乎剛好在這個時間點上給忘掉了。

「你看，這瓦版有多誇張啊。襲擊我的那個賣菜小販要眞有這麼高壯，我哪能活到現在。」

榮吉遞上盛裝糰子的盤子，交換取了瓦版新聞來一看，露出苦笑。

「這凶手還眞驚人啊。就算相撲力士也沒有這麼巨大呢。」

童年玩伴一邊把糰子塞進嘴裡，一邊感到莫名佩服。不知榮吉是否亦了解到自己跟不包豆餡的甜點比較合得來，最近帶來的伴手，也多半是這類點心。

「光看這圖畫，凶手簡直就像妖怪，或是西洋妖術師。」

「妖術……？」

一太郎的眼光從盛裝糰子的小盤子上移開，望向榮吉。

「怎麼說呢？你覺得是有人施了什麼奇術怪招嗎？」

「這種事我怎麼會知道嘛，只是覺得相當詭異罷了。」

詭異嗎……

這一連串凶惡犯行的確有太多難解之處。從那一夜在聖堂前發生的事至今，一直有種像是被人偷偷碰了一下脖子般、讓人寒毛直豎的異樣感覺。雖然應該要更加追根究柢，但注意力卻被其他有點不可思議的事給拉了過去。

凶手的奇怪行徑……

這天下午，一太郎似乎正陷入思考。兒時玩伴回去後，他也沒有叫妖怪們出來陪他玩，一個人面朝另一方。就這樣直至夕日西傾，到了開始吹起涼風的時刻，別館的紙糊拉門還是敞開的；發現這情況的家丁，神色俱變飛奔過來。

「少當家！您沒事吧？」

「怎麼了？仁吉？該吃晚飯了嗎？」

聽到這悠悠哉哉的回答，家丁才鬆了口氣。看來似乎並沒有被人給襲擊。只是看到他這副魂不知飛到哪去的樣子，不由得想要問問他是怎麼了。

對這個問題，一太郎將瓦版新聞紙放在家丁面前。

「我只是在想啊，這一連串凶殺案的眞相，說不定就是這麼回事。」

仁吉依言看去，眼前正是瓦版新聞紙上那幅駭人插畫。仁吉一看到插畫便馬上嘆了口氣。

「少當家！算是我求您吧，可千萬別再一頭栽進危險裡啦！」

「就算不想一頭栽進去，危險也早就逼近到眼前來了，不是嗎？這件事不趕快想辦法解決，我娘也沒法安心，連店頭都不讓我去了。」

氣呼呼地鼓起腮幫子的少當家，眼睛直盯著瓦版新聞紙看。

「而且這一連串事件，說不定非得要我才有辦法解決。不，應該說這件事可能除了我們之外，沒有人能夠處理。」

他朝幾乎要超出瓦版新聞紙的凶手望去。

「少當家，此話怎說？」

對這突如其來的發言，仁吉一邊的眉毛靈巧地高高挑起。一太郎毫不在意地繼續說下去：

「來，你看嘛。因爲這是瓦版新聞報，爲了引人來購買，才刻意畫得如此超乎尋常。雖然如此，說不定這才是事情的眞相啊。」

仁吉似乎已察覺他話中之意。雖說贊成一太郎的意見，不過他似乎還有別的想法。

「也就是說，這事和非人之物有關係？」

「除此之外也想不出別的可能。詭異之處實在太多了。」

「所以您的意思是說，若吾等不出手，此事便無法解決，是嗎？有道理，若對方是妖怪，日限師傅就完全是丈二金剛，摸不著頭腦了吧。」

既然一太郎都這麼說，家丁當然沒辦法搖頭說不。隔著火盆和少當家相對坐下後，便說起日前自己和一太郎在倉庫地下室中遭到襲擊時的事。

「當時那個賣菜小販樣子的確十分古怪。但那確實是人類沒錯。我們妖怪可以分辨對方是否爲非人之物。所以從守護少當家至今，一直只對人類加以提防而已。對方若是妖物，就得用別的方法對付。」

本性就是妖怪的家丁，意見是再正確也不過了，少當家對此點了點頭。

「我也一直這麼認爲。初次撞見殺人現場的那個暗夜裡，和我擦身而過的確實是人類。這點我還分辨得出來。但是，說不定還有別種可能。」

「什麼意思？」

「一連串案件的凶手，搞不好是被同一個妖怪接連附身也不一定。被附身的人遭到逮捕，失去利用價值，那妖物便轉移到別處去。我是這麼想。所以才會連我們都不知道對方是妖物。」

「您是說自始至今的命案，全是那妖物造成的？」

「這樣想的話，有許多疑點便說得過去了。」

一太郎領著家丁到書桌旁。置於其上的硯臺雕工精緻，刻著兔子遊戲於原野上的圖案。一太郎以鮮明的文字在一旁的紙張上寫下讓他想了大半天的事。

「這一連串事件有太多不明疑點。所以我試著把自己無法理解的部分列舉出來看看。」

一、聖堂旁的事件。木匠的腦袋爲何會被切下來？

二、爲何賣菜小販要因細故殺害木匠？

三、爲何要將竊得的木工用具分開零賣？

四、聽說木匠師傅之前有某樣工具被偷了。和這次事件有關嗎？

五、凶手們想得到的藥是什麼藥？

六、爲何不同的凶手會說著同樣的話，襲擊的對象又僅止於藥商？

七、凶手輕易將藥商殺死，這是爲什麼？

「還有別的嗎？」

一太郎這麼問。「目前為止還沒有……」家丁搖搖頭，說：

「好驚人。您一直在思考這件事嗎？」

「這些全都是我想不通的事。」

依他所言再仔細一看，的確沒有一件事可以解釋。

「若照我所想的一樣，認定此事與妖怪脫不了干係的話，就有幾件疑點說得過去了。好比說……」

「少當家！」像在阻止少當家繼續說下去似地喚了一聲，接著便傳來紙糊門拉開的堅硬磨擦聲。佐助捧著晚飯餐檯的身影出現。他看到仁吉也在變得微暗的房間內，驚訝地睜大雙眼。

「仁吉，你也在這裡呀？天色都已經暗了，怎麼不把油燈點上？」

可以看到他身後還有個女僕，房內的兩人便中止對話。三人份的餐點圍住火盆般排放在一塊兒，因為若讓少當家一個人吃，他實在吃不了多少。所以自從關在別館後，兩位家丁便會來陪他一起用餐。

女僕身影消失的同時，少當家正想將臨時想到的事說出口，佐助卻制止了。

「要是有事想講，就等吃完飯再聽你說吧。不多吃一點的話，就不必說了，馬上準備讓您就寢喔。」

「就是因爲每次都這麼說，調查才會一點進展也沒有。這樣會抓不到眞正的凶手啦。」

在翻著白眼不停抱怨的一太郎面前，佐助遞出盛得好大一碗的白米飯。

「想學人抓犯人是嗎？那沒把這碗飯吃掉可不成啊。」

結果一太郎只好跟燉煮鰹魚、豆腐、涼拌小菜陷入纏鬥，一直到能讓家丁認可合格、收拾餐檯爲止，足足耗費了半個時辰。

好不容易終於可以讓佐助也看了之前寫下的疑點。當他說出自己認爲事件與妖物有關時，佐助瞪大雙眼。

「像第六點所說的，不同凶手說著同樣的話並襲擊藥商，若是因爲被同一妖物附身，就說得通了。關於第一點、第二點和第七點，都是輕易傷害、襲擊他人。雖然看起來十分可怖，不過若這是妖怪的行爲，不覺得稍微能理解了嗎？因爲妖怪和人類的觀感不太一樣。」

「大部分妖怪可是一點也不凶暴啊。」

看似沒興致的家丁這麼說，讓少當家苦笑起來。

「沒有人說妖怪們全都很粗暴呀。只不過人與妖對是非善惡的標準並不相同。無論是感受或思維，都有歧異。」

「是這樣嗎？」

「……你一直都沒發現呀？」

佐助的回答，更加印證少當家先前的想法。同時一太郎也認爲往後必須更加提防這種狀況才行。

「接著還有第三點和第四點，木工工具的疑點。這是以前聽妖怪們說的。但凶手落網後便沒下文了。仁吉，可以再拜託妖怪去重新調查一次嗎？」

「我會通知它們。」

「剩下第五點。那妖物想得到的藥是什麼藥呢？我覺得這是最大的難題。」

少當家停頓了一下，趁著這個空檔，佐助用火盆上藥罐裡的熱水沏好茶，遞給一太郎。少當家啜飲熱茶時，仁吉比他先開口：

「光靠這些，我們還是查不出來。基本上，凶手想得到的藥是否眞的存在，都還沒準兒。搞不好是夢中的產物也說不定呢。」

「不惜殺人也要得到。究竟是什麼樣的藥會讓凶手有這種想法呢？」

少當家搖著頭表示不知道。

「說到這個，記得凶手來到店裡時，不是說過要買可以添壽的藥嗎？」

他突然想起這件事而朝身旁的家丁詢問，仁吉卻跟火盆大眼瞪小眼。

「仁吉？」

「什麼？喔喔，那時店裡是有木乃伊沒錯。」

「但是木乃伊不是凶手想要的藥。而且不但嚷著『被騙了』，還拿木乃伊毆打你對吧？」

「確實如此。」

「照這麼說來，那天賣菜小販不是也說『有那個味道』嗎？就在店門前……」

因爲實在是枝微末節，所以全給忘掉了。之後不但被襲擊而差點遭到殺害，還因此臥病在床，根本沒機會想起這些事。但事後回想起來，賣菜小販在店裡的舉止，看來似乎深信藥是眞切存在的。

「他到底是被什麼藥的氣味給引來呢……？」

就算想問，賣菜小販也已身陷囹圄，現已無法確認了。看到少當家沉思的樣子，仁吉像在否定他的推理似的，不悅地皺起眉頭說：

「店裡有許多種草藥，味道也都混雜一氣。要從這當中單獨聞出一種氣味，我想那是不可能的。」

「嗯……話是這麼說沒錯。」

對話短暫地停頓了一下子。佐助抓住時機說：

「少當家，能有機會恭聽您的想法，實在非常感謝。但是，時間也差不多要過五時了。您應該還未沐浴吧？再不洗就不妙了。」

佐助這番話，突然把少當家拉回了日常生活。

「哎呀，眞糟糕。」

因爲底下的船夫眾多，所以長崎屋大手筆地靈活運用了金錢與關係，總算得到上頭應允，得以建造自家的澡堂。但若火從這裡延燒開來，造成火災，店鋪就要完蛋了。爲了防止這種情形，將澡堂蓋在離庭院倉庫較遠處，用火的規矩亦十分嚴謹。五時半前若還不沐浴完畢，即使貴爲少當家，照樣熄滅爐火。

「我已經洗過澡了。」

仁吉說完後，便將少當家和佐助送出門。兩人的身影消失後，正動手鋪排寢具的仁吉，從嘴裡深深嘆出一口氣。眼光望向前方，卻又並非盯著任何一件東西看。就在這時，應該只剩他一人獨處的房內，突然有聲音朝他搭話，仁吉的黑瞳孔立即變得有如繡針般細窄。

「仁吉兄，你打算把少當家藏到什麼時候呀？」

家丁緩緩回頭，望向目光前方那扇華奢的屛風畫。看來屛風裡的東西今天不打算現身。

「你有什麼指教嗎？」

仁吉聲音低沉。屏風覻在畫裡縮起身子。

「別擺出那麼嚇人的表情嘛。關於那件事，我可是沒有意見唷。就算求我，我也無可奉告。不過啊……」

外型華麗的妖怪像是有所顧忌般，降低了聲量。

「因爲聽到剛才的對話，所以我才要這麼說。若這事眞像少當家所講的一樣，和妖怪脫不了干係，那不跟他講清楚行嗎？凶手眞正的目標八成就是少當家，不是嗎？」

「這事輪不到你在那邊說嘴。」

家丁的話裡帶著不快。但今天屏風覻卻毫不畏懼，繼續說：

「如果是你們的事，我才不睬。我啊，可是很喜愛少當家這個人喔。那孩子只要到別館來，我不但常常有甜點吃，還能一起下棋遊玩，眞的很不錯啊。所以說會擔心少當家的人，可不是只有你們而已。」

雖然毫不客氣地頂了回來，但聽到這些話的家丁，臉色緩和下來。

「說起來，你這傢伙雖然老愛講些有的沒的，不過倒也會替少當家看家，或陪他打發時間。眞是辛苦你了。」

平時總是說話刻薄的家丁，卻突然對自己講了如此溫柔的字句，反而讓屏風覷越來越不安。仁吉朝這位眼光四處亂飄、明明冷靜不下來卻又不知該說什麼才好的付喪神，立下擔保：

「別擔心，我們保證會守護少當家。我們一定會做到。」

家丁鋪好被子，俐落地預備好更衣用的淺箱和茶壺。他知道身後付喪神的視線尚未消失，無可奈何，只有背對著付喪神，繼續說下去：

「要是能夠，希望你不要告訴少當家那些不必要的事。這孩子心地善良，要是……讓他知道自己是造成災禍的原因，一定會受不了。」

「嗯……」

難得兩人意見能一致，之後房裡便完全陷入悄然無聲。過沒多久，已是少當家要回房的時刻，仁吉心想應該差不多了，便開始動手清理火盆裡的木炭。

三、

「少當家，木工工具的下落已經全部查清楚了。」

「辛苦了……速度還眞是快呀。」

這是發出請求後的第二天。今天藉口要早點就寢，用完晚膳沒多久，妖怪們便相繼聚集到門窗緊閉的別館裡。眾鳴家、上回見過的美少年和邋遢的和尚等等。有些妖怪甚至還是頭一回見到，不過家丁似乎和他們頗為熟稔。

妖怪們從收到消息的少當家手上拿到白天便已備好等著的三春屋點心，都相當開心。他們不斷將豆沙饅頭、糯米糰子或麻糬點心往嘴裡塞。甚至這裡頭也有像天火一樣的妖怪，雖然有臉卻看不到身體，讓人忍不住懷疑到底是把東西吃到哪裡去了。

喝口熱茶當作總結，略事休息後，妖怪便爭先恐後報告起來。由仁吉主導，從鐵鎚開始，一一確認每件工具的去向。詢問之下才知道，原來妖怪們從剛開始受託去調查時，便持續追索木工工具的下落。雖然有些妖怪已經知道凶手被捕，但卻沒有任何妖怪想到要停止這項委託。

「所以才會這麼快就查清楚呀？眞是太感謝了。」

從這裡也可看出妖怪的感覺與人類不同。

在眾多木工工具中，就連細微至鐵釘都已一一查出下落，但關於「為何要零散變賣」的疑問，卻沒有任何舊貨鋪老闆知道答案。

「因為那些老闆也不會想到這些東西是這種來路吧。」

一隻甩晃著腦袋的鳴家如此回答。會把整套工具帶來一次賣掉的客人本來就很少見。帶著一兩樣工具來賣的客人，倒也不至於讓人疑心。

「還是不知道爲什麼嗎？」

「少當家，要是變賣掉的工具下落全數找齊了，反過來一想，不就知道木匠師傅被偷走的木工工具是什麼了嗎？」

這是一太郎思考出來的第四個疑點。一聽仁吉這麼說，大家的視線全集中到房間中央的書桌上、那張寫有工具名稱的紙。

「鋸子、小斧頭、錐子、剉刀……」

妖怪們出聲唸出來。

「木槌、鐵鎚、玄翁①……這個唸作【ㄒㄩㄢˊ ㄨㄥ】對吧。木工工具的名字眞難唸啊。」

「釘袋、矩尺，哎呀？釘子也分別拿到其他店鋪去賣。眞是分散得十分零碎呢。」

「還有砥石、鉋刀、鑿子。這些就是全部了吧。」

對家丁這句話，妖怪們全員點頭稱是。

「嗯，那麼，消失的工具名稱是……」

「名稱是……」

聽到少當家說出這句話，一時半刻間，房間裡像是窒息似地陷入一片沉寂。不過，

①敲碎大石用的金屬鎚。日本古代傳說中，玄翁和尚用大鎚將九尾妖狐變成的殺生石敲碎，因此後世便稱碎石鎚為「玄翁」。

一太郎馬上就笑了出來。

「不行啦，我怎麼可能知道少了什麼？我連木匠用哪些工具都不曉得。有沒有誰對這方面比較清楚？」

「那就是在下啦。」

這位自告奮勇的妖怪，是一名自稱織部茶器②的付喪神。現在外貌是個小小的人形。

「別看我現在這樣，我織部燒這種陶器，可是照著千利休③的弟子古田織部大人的喜好所製造出來的美濃古陶器。是很珍貴的東西唷。所以這就是在下會受珍視保護，經年累月後才能變成付喪神的原因……」

「解釋講古就不必了，快說重點。」

等得心焦的妖怪們一出聲抱怨，付喪神也回嘴說道：

「所以我現在不就在說明了嗎？就是因爲這樣，所以保存良好的在下，自然有機會進到骨董店去，有時候墨斗也會送到那裡去唷。」

「墨斗？」

一問才知道這是木工工具之一，拿來在木材上畫直線用的。這個約爲成人兩個拳頭大的工具，是將刻好的木塊鑿出墨池，其中放入墨汁讓棉線浸著。一端有個捲線用的輪

②日本美濃窯所產的陶器之一。由天正年間（西元一五七三－一五九二年）的古田織部創始，以嶄新的陶器形狀及外觀圖案馳名。

③日本安土桃山時代（西元一五二二－一五九一年）以茶道著名的聞人。地位可比中國茶神陸羽。

軸，從那裡拉出浸滿墨汁的棉線，以手指拉彈，便能在木材上畫出筆直的線，是相當方便的重要工具，外表又精美。

「這種玩意兒和別的木工工具不一樣，大多經過精心雕琢。一般木匠只要成爲獨當一面的師傅，不但要求墨斗用起來要順手，還會希望擁有一只雕工精細的漂亮墨斗。所以墨斗這東西才會常常出現在骨董店。」

「墨斗……的確不在這裡頭。」

來回審視紙面，墨斗並未列在當中。很難想像，底下跟著數名弟子的木匠頭子竟會沒有墨斗。

「這麼說來，木匠師傅遺失的工具，就是墨斗沒錯。但是這件事和我們要追究的疑點有關係嗎？」

「以目前來看，也不能說沒有。只是看不出關聯而已。」

仁吉說得有道理，妖怪們好不容易才調查到這些情報，解謎的部分卻幾乎沒什麼進展。雖然以如此狼狽的結果告終，但爲了這些卯足勁兒來幫忙的妖怪們，一太郎仍然奉上酒肴表示感謝。家丁們端出不知何時備好的煎蛋及魚板糕，讓妖怪們樂不可支。

哎呀，只要聽少當家說聲各位辛苦了，就夠了。若明白說起來，其實就算死了再多人，它們也不感興趣。甚至還有妖怪說出：「這一百五十年來，死掉的人比以前少了好多哪。」

酒過三巡後，這回妖怪們就著尋找木工工具一事，開始你來我往地自誇起來。有一位老婆婆樣貌、名喚蛇骨婆的妖怪，一邊開心地舔著杯中瓊漿，邊說出回想起來的事：

「說到這個，在我找到鐵鎚的那間店裡，有個好可憐的墨斗唷。那雕工可細緻了……記得那花樣就是雕成人的手掌抓住墨斗的樣子。連細微的紋路都雕出來了，絕對是個上等的好東西；但是它底部的木頭卻大大縱裂了開來。這下就沒法當工具來用了。」

「那個墨斗我也有看到喔。是在發現鑿子的那間當鋪看到的。手掌是左手對吧？」

身著破爛衣裳的野寺坊說完，其他聲音又冒了出來：

「我也知道那東西喔。就放在從賣菜小販手中買下鋸子的那間店裡。」

一隻鳴家邊把酒送進肚裡，邊這麼說。和陳舊的店鋪不相襯的上等精緻物品，卻標上便宜的價格。客人心存懷疑問起理由，老闆便把裂了個大口的墨斗腹部展示給客人看。

「真令人惋惜啊。那可是工匠嘔心瀝血做出來的東西哩。看起來也使用很久了，若是保存得當，說不定要不了多久就能變成付喪神了呢。」

「可是卻裂開而損壞了。壞成那樣，已經無望變成付喪神了。」

少當家一邊看著因美酒佳肴而情緒熱烈的妖怪們，一邊歪著腦袋瓜。仁吉注意到時，一太郎正手握酒杯且滿臉赤紅，看來已經灌下不少酒。

「少當家，您什麼時候也跟著喝起來了？」

「我只舔了一小口啦。話說回來，仁吉啊，就算是經過百年的古老東西，弄壞了就沒法成爲付喪神嗎？」

「的確如此，少當家，就算只是普通用具，也會化爲妖怪。物品本身若有損壞，是絕對沒辦法變成妖怪的。」

回答問題的是醉醺醺的天火，從剛才便如其名般在房間的天花板附近左右飄盪。看到仁吉點頭，少當家便一面呼著熱氣一面陷入思考。過了一會兒……

「噯，方才是誰說他看過那個裂開來的墨斗呀？」

「是我啊。」

「我也是。」

「是我先提到這件事的。」

少當家朝這三名答話的妖怪詢問是否看過購買那墨斗的人。

「沒有，我看到時，墨斗只是擺在那兒。」

「我也不曉得。」

其中只有鳴家點了頭，說：

「就是因爲正好有客人被低價吸引而打算購買，我才會注意到那只墨斗。他說自己不是木匠，不拿它當工具來用也無所謂，擺著裝飾就好，所以才買下來。」

「他是什麼樣的人？你記得嗎？」

「年紀的話，大約是三十五到四十歲之間吧。是個勤奮工作的匠人。」

「既然說他不是木匠，那他又是做什麼生計的呢？」

鳴家清楚明快地回答了這個問題。因爲客人和老闆談話時，說出許許多多情報。

「嗯嗯，記得是園藝師傅吧。」

聽到這話而大大倒吸口氣的，不只是一太郎。家丁互看著對方，心中確認了自身的推測。

襲擊柳屋少當家的……確實是平日出入他家的園藝師傅。

是偶然嗎？一太郎看出凶手是受妖物附身。最初遇害的木匠師傅遺失的工具是墨斗。買下底部裂開之老舊墨斗的人，是讓人聯想到第四名凶手的匠人。

似乎有關聯。

一太郎朝懷裡抱著酒瓶的妖怪搭話：

「那……蛇骨婆，野寺坊，有事想拜託你們。」

「喔？什麼事呀？」

心情愉快的兩名妖怪轉頭朝他望去。少當家說：

「我想知道在不同的店鋪中，各自將底部裂開的墨斗買走的人是誰。可以幫我查查看嗎？」

話一說完，看來還沒喝夠的妖怪們臉色都不太好看。少當家於是笑著又說：

「就算現在去調查，店鋪也已打烊了。明天再去查就行了。」

一聽到這句話，臉上立刻精神百倍的付喪神們，說出「交給我們辦，一定幫你查到」的保證，一口喝乾杯裡的酒。一太郎將視線從再度熱鬧起來、美酒與吹牛往來交錯的席間移開，退到房間一角，小聲對家丁們說：

「剛才的談話，你們兩人有何想法？」

「在推測之前，有件事一定得先弄清楚。」

佐助像是在講給自己聽似的，繼續說著：

「首先要確認，被殺的木匠師傅所持有的墨斗是否正是那底部裂掉的墨斗。這事只要去問問木匠師傅的妻子，馬上就能知道。」

「向日限師傅探問看看吧。這陣子少當家都沒到店裡去，他大概是不放心，三不五時會晃到店裡來呢。」

「說得也是，那就之後再討論……吧。」

若墨斗眞是木匠師傅所有，若凶手們都曾經得到裂開的墨斗，那麼討論核心就會是那件木工工具了。

妖怪們喧鬧得更加熱烈。平常就算再怎麼吵鬧，三人裡頭也一定會有一位出面制止。但是今天誰都沒有這麼做。

他們只是逕自沉浸在思緒中。酒杯就空空如也地擱在一邊不管。

四、

不到兩天，想得知的情報便自己送上門來。

「少當家比我想像的還要有精神，眞是太好了。這陣子看你總是待在房內，還以為身體又轉壞了。」

這時和暖的陽光正灑滿整個庭院，是個心曠神怡的好日子。日限師傅坐在位於藥鋪後方、紙糊拉門全部敞開的房間內，他表示木匠師傅的墨斗上頭雕有大大的左手圖案。

「不過為什麼會去在意墨斗的事呢？」

「因為我跟少當家聊到最近的凶殺案啊。偶然之間，話題就轉到木匠師傅被偷走的工具上頭去了。眞是不好意思，跟捕快大人您探問這種無聊的事。」

一面說著藉口，仁吉將大點心缽端了過來。不知製作點心的人性子是否較急，相應的時節稍早了些，今天的和菓子做成花朵形狀，上頭裝飾有切成四方塊、晶瑩剔透的洋菜果凍。

「喔喔，這是繡球花呀。不錯不錯，眞有情調。」

就算感受到那股優雅的風情，第一個和菓子還是兩口就呑掉了。接著又往嘴裡塞了好幾個，若無其事地提醒少當家：

「少當家也曾經逃過一劫，會在意最近這些凶殺案的心情並不難理解，不過還是別想太多吧。對身子不好。」

說得也是，少當家乖乖這麼回答。日限師傅笑著朝他保證：

「雖然讓人不愉快的殺人案不斷發生，不過凶手都已經抓到了。這種晦氣的事不會再繼續出現啦。」

接著當然少不了那袋裝有金錢及甜食的包裏。等捕快抱著那包東西回去後，便開始張羅酒瓶及烤魚乾。當然不能把妖怪叫到店後面來，所以三人便回到別館。

「我去調查的那間店鋪裡的墨斗，已經賣掉了。買家還是個年輕男子。穿著短外褂，看來像是木匠或泥瓦匠之類，不過舊貨鋪老闆也不是很清楚。」

蛇骨婆報告完後，野寺坊緊接著開口，感覺似乎想快點享用美酒。

「到我去過的那間店裡把墨斗買走的人，是個頭髮花白的老爺爺。好像在伊勢町開間小店，賣些日用品、化妝品等小東西的退隱老人。老闆說他偶爾會跑去買些價格不高的古玩。」

「這樣啊……泥瓦匠和頭髮花白的老人啊」

眞是如當初所設想的一樣嗎？那只損壞的墨斗果然曾經在那三名突然殺人的凶手手上。原本只想到那是遭殺害之木匠所有的物件，卻在短時間內和四件殺人案扯上關係。

「我覺得這並非偶然。」

家丁們亦對此言頷首表示同意。

兩名妖怪領了賞，興高采烈地消失了。一太郎等人圍著別館裡的火盆坐下來，開始討論蒐集到的情報。

「我覺得這只墨斗就是附在人身上行凶殺人的罪魁禍首。你們說呢？」

對少當家這句話，仁吉無法直接點頭同意。他的表情就像是正咬著潮掉而嚼不碎的仙貝似的。

「這玩意兒的確有些古怪。但是，妖怪們並沒有說壞掉的墨斗已經變成付喪神了。他們是說那墨斗原本可以化爲妖怪，實在很可惜之類的。既然不是妖怪，要怎麼附身在人類身上呢？」

「這是我自己思考的結果，雖然沒辦法保證一定正確……不過是從大家收集到的情報中推論出來的。希望你們能聽聽看。」

說完這番話的一太郎，接著便從事件之初開始敘述起來。

「我想，一開始當然是起因於賣菜小販愛子心切。」

賣菜小販長五郎，希望至少能讓自己的兒子過著好一點的日子。他不加思索便到木匠師傅那裡去拜託，但卻被「人手已經足夠」這樣的理由給斷然拒絕。

「照推測，長五郎應該就是在這時把墨斗給偷去吧。那是木匠師傅珍愛的古老木工工具。因爲遭到看輕而心生怨恨，基於報復而將之取走。之後不知是不是一時失手弄壞，還是自己存心動手破壞。嗯，因爲是裂到連修理都沒辦法的程度，大概是故意破壞吧。」

木匠師傅將工具弄丟和賣菜小販來請託這兩件事聯想在一起，說不定曾叫長五郎把墨斗還給他。但是正在氣頭上的賣菜小販已經把墨斗弄壞了。已經不可能再物歸原主，於是把木匠師傅叫到杳無人跡的聖堂外牆旁。

「爲什麼要這麼費工夫呢？到他家去道歉，說句我錯了，不就結了嗎？」

佐助的疑問讓少當家嘆了口氣。

雖然榮吉常說我不食人間煙火，但我覺得已經比這兩個家丁要懂得多了。

「賣菜小販可是偷了人家的工具唷。這種事一定不喜歡攤在有旁人的地方談吧。而且墨斗可是精心雕琢出來的高級品，就算底部裂了個大洞，還是能賣不少錢。要是對方要求賠償，靠賣菜小販的收入可負擔不了啊。」

毫無疑問，兩人一定扯破了臉。但是，沒想到竟會演變成木匠腦袋被切下來這般駭人聽聞的事。一太郎認爲墨斗就是在這時候和事情扯上關係。

「墨斗是很古早很古早的物品，所以才能像這樣附在那麼多人身上。大概是正處於變化成付喪神的過程，卻在只差一點就能完成的當兒，被殘酷地弄裂了。墨斗一定覺得很不甘心吧。」

在這個「半妖墨斗怪」身上，發生一件暴發性的變化。

「暴發？是指它發狂嗎？」

「大概是因爲鮮血吧。不是常聽到有妖怪因血腥味而失去理智、鑄下大錯嗎？若是鮮血濺到損壞的墨斗上，又會如何？」

「這只是推測而已，並沒有人看到上頭有血漬。」

少當家指出佐助這句話中的錯誤：

「木匠被殺的那一晚，我曾跟手上拿著沾滿血漬之刀刃的賣菜小販錯身而過唷。我看到他的時候，他應該已經被半妖墨斗怪給附身了吧。」

明明是有事跟木匠談，賣菜小販卻帶著刀子。一言不合之下，情況演變成要動刀了。剛開始可能只是劃破皮的小傷而已，鮮血卻讓半妖墨斗怪發了狂。它附身在賣菜小販身上，將自己的不滿一股腦發洩出來，所以才會把木匠給殺了。

「所以，一開始還連在木匠師傅身上的腦袋，之後才會被切了下來。因爲被正好經過現場的我給逃掉了，所以半妖墨斗怪這傢伙，才會氣得做出這種事。」

是人的話還會有點猶豫，但妖怪的感受則不同。

「到目前爲止的這些推測，我覺得應該不會有錯。墨斗爲了不讓人發現事情是他做的，才會把那些木工工具分散變賣。但是這裡才是難題的開始。這傢伙不斷重複殺人。事已至此，實在不覺得它是想得到能用在木匠身上的藥。凶手就是半妖墨斗怪。那麼，它爲什麼要重複犯下殺人罪呢？」

思考似乎遇上了瓶頸，少當家深深吸了一口氣。佐助趁這時將火盆上的鐵壺取下來沖泡熱茶。濃茶旁還附了小米果，一太郎將小米果一個、兩個地往嘴裡放。

仁吉在這時候開口：

「若少當家說的都是眞的……我覺得應該沒錯……那這一連串凶殺案，沒多久就會停止。」

「爲什麼？」

這回是由佐助向眼睛瞪得老大的一太郎說明：
「因爲雖然是半妖墨斗怪，但畢竟還是沒辦法變成付喪神。妖力不夠強，沒辦法持續多久，一陣子後應該便會變回普通的損壞品了。」
「這樣啊？」
一太郎睜圓了雙眼。妖怪的世界似乎也有自成一派的常理。
「那在殺人案的話題消退之前，請安分地待在家裡吧。屏風覷，你也會幫忙吧？我們不在少當家身邊的時候，希望你能幫忙看著他。」
「哎呀？居然來拜託我？眞是稀奇唷。」
衣裳華美的付喪神平日和家丁們感情不睦。從房間一角傳來的聲音，聽起來確實像會拒絕，但他的回答卻是：「知道了，我會的。」這下少當家可慌了。
「我說你們幾個，爲什麼只有今天才這麼氣味相投啊！」
「那我們就先回店裡去了，請乖乖休息吧。」
「等一下嘛，我還有事想問呢。」
「什麼事？」
「我是想問那半妖墨斗怪想要的東西究竟是什麼。就算不是當初認爲的要用在木匠身上，但還是不惜殺死三個人也想要得到，你們覺得是什麼？」

「我也不曉得。」

「我們只求少當家平安無事，就心滿意足了。」

家丁們直率地說完，便消失了身影。只留下橫眉怒目的少當家，剝哩剝哩地啃著剩下的小米果。

「這事不妙啊。那『半妖墨斗怪』，該不會是在找那個藥吧？」

「看來是八九不離十。這藥的事，它究竟是從哪裡聽來的？」

「要是拿到那種藥，半妖墨斗怪就會變成付喪神了。」

「大概吧……那也要拿到才行。」

家丁離開別館後，並沒有回到店內，而是到沒人看到的三號倉庫旁邊談話。

「半妖墨斗怪剩下的時日應該不多了。要是被它聞到味道，說不定會不顧外型樣貌便襲擊而來呢。」

「要是附在人類身上再跑過來就更棘手了。還是多派些人來看守比較好。」

壓軋聲在這時響起，以爲會看到好幾隻鳴家冒出來，但馬上又消失了。庭院裡的樹木搖曳，在一瞬間，似乎看到樹幹上飄浮著一個長滿毛髮之臉孔般的東西，但也是轉眼就不見蹤影。家丁們點了點頭，各自回到不同的店鋪。

五、

凶手渴求的應該是某種藥吧。所以才只有藥商受到襲擊。問題就在於，根本想不出半妖墨斗怪渴求的是什麼藥。

少當家依然還被關在房間裡，心情十分惡劣。因為跟聽從家丁們請求的屛風覷嘔氣，所以連棋都不下了。

賣菜小販的確曾說有那個味道……說不定這藥就在長崎屋裡。

雖然閒得發慌，但再怎麼想，也不會有答案。說到這半妖墨斗怪想要的藥，雖然知道那肯定是能讓它變成眞正的付喪神的奇蹟之藥，但像這種給妖怪用的特效藥，應該不可能放在藥鋪裡。

「少當家，榮吉來探望您嘍。」

佐助的聲音從紙糊拉門另一側傳來，接著便出現兒時玩伴的身影。和往常一樣，手上拎著一包點心。手腳俐落地沖好熱茶後，佐助便讓兩人獨處，立刻又回到店裡去。似乎是有貨船進港。船運商行那一邊的家丁們都忙得不可開交。

「還是像之前一樣，都不讓你出門呢。」

兒時玩伴今天帶來的伴手，是將灑滿黃豆粉的麻糬淋上黑蜜糖漿後享用的點心。

「這不是頂好吃的嗎？」

坐在火盆旁邊，遙望著外頭的走廊，一太郎邊吃邊讚美味道，這時榮吉卻沉默不語地緊靠到少當家身邊來。看到他這個樣子，少當家忍不住朝屏風畫瞥了一眼。

「一太郎……有件事我很猶豫，不知該不該跟你說。」

看來似乎很難啓齒，卻又不得不說。「我哥哥的事嗎？」一太郎一問，榮吉立刻點了頭。

「因爲上次被大家狠狠罵了一頓。我想說這事是不是已經變成禁忌了……」

「那就不要說啦，既然會擔心。」

「雖然被警告不准再跟松之助的事扯上關係，可還是很在意。在那之後我還是偷偷去看過他的情況。現在，松之助碰到了一個大問題。」

「發生什麼事？」

根據榮吉所言，松之助幫傭的那間木桶店「東屋」，老闆有兩個子嗣：一個是身爲繼承人的兒子，另一個是比兒子小兩歲的女兒。這個女兒對松之助有好感的事被知道了，因而產生爭執。

「就算是由我來評斷，東屋的少東也實在說不上是個有才幹的人。再加上妹妹如果跟一個做事精明幹練的人成親，他可能會受街坊恥笑，說他年紀輕輕就被迫退隱。老闆娘疼愛兒子，也希望女兒能談到一門更好的親事，所以視松之助爲眼中釘。明著說的話，就是正打算把松之助給掃地出門。」

「好過分！要是被趕出店裡，我哥哥該怎麼辦？」

「這個嘛，反正還年輕，身體也健壯，只好去跟人力仲介商談談，請他們幫忙找找下一個幫傭的地方。畢竟他也沒辦法再回到他義父家。」

這麼一來就眞的是無依無靠了。既沒有親人，養育他長大同時也是幫傭之處的店鋪，又要把他趕出去，他一定覺得自己的命運比浮萍更加飄忽不定、更加孑然無依。一太郎站起身，把放在房間角落的小櫃子打開，將錢包拿出來。

「榮吉，要是被發現，說不定又會傳出更不堪入耳的話。就算這樣，你也願意接受我的請求嗎？」

「畢竟這是我告訴你的，我得負責。」

少當家將一銖銀、兩銖銀④，湊成約二兩多銀錢，包在紙裡，遞給慨然應允的兒時玩伴。

「這些應該夠他先找個地方落腳……啊啊，但是來路不明的人送他錢，他應該不會收吧。」

一太郎在紙上寫下「船運商行長崎屋的弟弟　致　木桶店東屋的松之助大哥」的簡

④江戶時代的貨幣單位，一銖為一兩的十六分之一，一分的四分之一。

短字句。這讓榮吉臉色一沉。

「這樣好嗎？你這樣寫的話，說不定他會找上店裡來喔。到時又是一陣大騷動。」

「就算會這樣……還是不能放手不管啊。」

目光朝角落裡的屏風瞥了一眼，但是妖怪什麼反應也沒有。

「那就這麼辦吧。我這就出發。」

「榮吉，老是給你添麻煩，眞的很對不起。將來有機會一定會報答你的。」

「我會好好期待的。」

兒時玩伴很快離開了房間。一太郎唯一能做的，就只是目送他的背影離去。

第八章 虛實

一、

少當家把朋友送出門約一個時辰後，長崎屋就收到了消息。

「少當家，榮吉被人刺傷了！」

飛奔至別館來的是仁吉。他表示是捕快的弟子正吾跑到店裡去通知他們，三春屋的繼承人在筋違橋御門旁邊遭到襲擊。

「傷勢嚴不嚴重？榮吉……他應該還活著吧？」

向家丁詢問後，得知已經將他送到最近的醫師那兒去了，但狀況如何並不清楚。但是正吾表示他看到非常大量的鮮血，傷患身上的衣服都給濕濡成一片赤紅。

「榮吉會死嗎……？」

一太郎的狀況也就算了，但他從不曾想過這位兒時玩伴會比自己更早離開人世。逐漸滲透進入腦袋中的現實，讓一太郎臉色發青。

「少當家，您沒事吧？我鋪床給您休息好嗎？」

他朝為自己擔心的家丁搖了搖頭，說了句：「我要到店裡去。」便走出別館。

「您可不能到榮吉那裡去啊。凶手似乎已經逃逸。到外頭去很危險的。」

「我沒有要去呀。去了也只會妨礙醫師救治他而已。」

他邊說邊走進主屋，直直朝船運商行的方向前進。通過長長的走廊後，便來到位於店鋪後頭、父親慣常待的房間。

「爹，榮吉的事您聽說了嗎？」

一太郎剛踏進門便馬上開口詢問，和總管一起在記帳的藤兵衛，朝兒子露出一副憂慮的表情。

「我也是剛剛才聽到他被刺傷的事呢。這段時間眞的很不平靜，連藥商以外的人都得多提防點了。眞讓人擔心啊。」

當家看似在意，但似乎心底並不眞的感到擔憂。原本和三春屋之間的關係，就只是兩家的兒子相互往來，因而結下了緣分而已。藤兵衛本身和他們並沒有什麼親密來往，會覺得事不關己，也無可厚非。不過少當家還是坐到父親面前，抓著父親的手腕懇求：

「爹，我求求您，請您叫源信醫師去幫榮吉治療吧。正吾說榮吉流了好多血，連衣服都浸濕了。讓那些蹩腳郎中醫治，是救不了他的。」

「你怎麼會來求我這種事呢？榮吉他也是有父母的啊。」

「源信醫師收的診療費可是高得出名，三春屋是請不起他的。爹！如果我唯一的兒時好友死了，我一定會病倒喔！」

「哎呀呀呀，那可不行。」

結果因為還是派了醫師到榮吉急救之處幫忙診療，所以長崎屋這回又讓人說成寵溺兒子的大傻瓜，附近的街坊議論了好一陣子。

不知是因為源信大夫收取大筆謝禮，因而大展身手，還是因為運氣夠好，總之榮吉得救了。過不了幾天，甚至已恢復到可以躺在門板上讓人抬回家。兒時摯友回到三春屋後，少當家便老是吵著要去探望他。實在阻止不了，才同意讓他帶著兩名家丁，謹慎小心地出門拜訪。

對一太郎來說，這也是睽違已久的外出。

「我完全沒想到，居然會有我來探望榮吉的一天呢。」

榮吉在三春屋一樓後方的房間裡休養。腹部側邊被砍得相當深，幸運的是雖然傷口很深，不過都未傷到內臟。也因為飲食無礙，少當家便將商船從各地運來的珍奇名產食品送到好友這裡來。今天他帶來的是大阪名店「津之清」的岩粔籹①。

「雖然覺得拿這種點心當探望時的慰問品，吃起來好像有點太硬……」

若是榮吉沒辦法吃，就分給他的家人享用；少當家這麼說著，同時將印有梅花紋樣的盒子遞了出去。榮吉把盒子拉到床邊，很快便拿起盒內的點心，啃了起來。這種用糖蜜將米固定後製成的甜點，不但遠近馳名，而且十分美味。

「醫生的事也好，探望時的伴手也好，你眞是對我太好了……」

①又名粟粔籹，因口感堅硬而得「岩粔籹」之名。粔籹乃是煎炒米或小米、芝麻、豆子至熟，趁熱淋上糖蜜攪拌均勻，放涼後切成小塊食用的傳統點心。與臺灣的「爆米香」十分類似。

將小塊粔籹咬碎的榮吉，在床上感觸良多地這麼說。一太郎的視線落到榻榻米上，小聲地回答：

「因爲……是我害榮吉受傷的嘛。」

這句話讓兩名跟著到三春屋來的家丁一齊以驚訝的臉孔向他看去。就連身爲當事人的傷患也露出驚訝的表情，目不轉睛地緊盯著少當家看。

「砍傷我的人是個滿頭白髮的武士才對，一太郎，你什麼時候開始配起雙刀、扮起武士來啦？」

就算被人調侃，一太郎依舊沒有笑容。他瞥了家丁們一眼後，朝榮吉低下頭。

「……如果我沒有託你幫忙做那件事，你也不會到筋違橋御門那附近去了吧？」

「筋違橋御門……少當家，明明都已經那樣責罵過了，您居然還想要跟松之助見面？」

佐助及仁吉的表情變得嚴肅了起來。

「我拜託他幫忙多少送點錢過去。因爲店裡的千金迷戀上松之助兄長，似乎因此惹上麻煩，所以要被幫傭的店鋪給辭退了。」

「所以我才說爲何少當家您必須出這筆錢呢？」

仁吉的話語十分尖銳。榮吉在這時出聲插話：

「仁吉，請別這麼說。其實是拜一太郎放在我這兒的那筆錢所賜，我才能活下來。」

「什麼意思？」

三人的眼光都聚集到躺臥在床的傷患身上。榮吉伸手撫著腹部，說：

「我是在快要可以看到昌平橋的地方，突然被一個拔出小刀的武士給刺傷的。雖然他想朝我肚子正中央刺過來，不過我懷裡塞了那個裝錢的紙包。一銖銀、兩銖銀，全部加起來也有三十枚以上吧。所以那傢伙的刀尖才會滑到一邊去，只砍傷我的腹側而已。」

這筆錢最後變成了給榮吉的慰問金。不管怎麼說，能靠銀錢救了摯友一命，實在十分值得慶幸。

「說到這，砍傷我的那個武士，有點奇怪呢。」

榮吉繼續說。看來他的身體應該已經恢復得差不多了。

「那當然，大白天的就胡亂砍人，一定是腦袋不清楚了。」

「姑且不論他是否失去理智，看起來就很古怪。首先，他爲什麼不拔配刀中較長的大刀呢？」

「這麼說來，的確很怪。」

一太郎也覺得疑惑。武士要砍人卻還拔小刀，怎麼想都覺得令人納悶。

「那傢伙突然朝我靠近，嘴裡說著：『有味道，有味道，你，有帶在身上吧？』很莫名其妙吧？」

「啥？」

「我以爲他是手頭窘迫，在打懷裡那包錢的主意。所以我把自己的錢拿出來給他，他卻朝我砍了過來。日限師傅聽到這些事也百思不得其解。行凶人是武士，若非如此，日限師傅也不會來辦這件案子。」

「嗯……是啊。」

三個人一邊留心別讓躺著休養的榮吉看見，一邊互使眼色。看來襲擊兒時玩伴的凶手正是半妖墨斗怪。這次似乎附身在武士身上了。

但是，爲什麼要襲擊並非藥商的榮吉呢？

是什麼因素讓榮吉把半妖墨斗怪給引來呢？那傢伙在尋找某種藥物……應該至少是種和藥商有關係的藥品。

「榮吉，你被砍傷的那天，身上有帶藥盒嗎？或帶著什麼有香味的東西？」

被這麼問的摯友在枕頭上搖搖頭，說：

「日限師傅也這麼問過我，不過我平常本來就沒有這類東西啊。啊，糟糕……」

似乎是想起了某件事，榮吉皺起了眉頭。

「說起這事，我才想到一太郎你寫的那張便箋，被那名武士搶走了。對不起呀。」

「便箋？」

要是沒人提起，說不定眞的會就此忘掉那張紙。他向家丁們說明，紙上寫了長崎屋的名字，以及東屋松之助的名字。

「爲什麼要搶走這種東西……？就算拿到手，也只能賣給廢紙店呀。」

「被砍中時，便箋和銀錢一起從懷中滾了出來。原本再次舉刀的武士放下手，看也不看那些錢，只把那張紙撿走，就這樣不知消失到何處去了。雖然覺得很古怪，但倒是先鬆了口氣。所以才會把那張紙箋的事情給忘到現在。」

「就算什麼都不記得也沒關係。你還是好好養好身子，快點康復吧。」

「情況眞的跟平常相反哪。這種感覺眞是難以言喻。」

一太郎要是繼續待在身邊，榮吉還不知道天南地北要聊多久，所以三人先就此告辭，離開了三春屋。

面街的長屋距離長崎屋只有數步之遙。穿過土牆再走到別館這段路，甚至還比較花時間。回家的路上，直到進入自己的房內，少當家都不曾開過口。佐助俐落地翻動火盆裡的炭火，開始準備沏茶。天氣陰暗又沒有陽光，因此家丁也就不把紙窗打開。一太郎在不倒翁圖案的火盆前坐下後，保持沉默地朝兩名家丁招了招手。

「怎麼了，少當家？表情這麼凝重。」

仁吉一臉親切的笑，坐了下來。這名家丁擺出這種表情時，就是該提防他的時候。這點一太郎非常清楚。

「我說仁吉、佐助啊，榮吉是不是被誤認是我，才被人給砍傷？」

「嚇我一跳，少當家，您怎會突然這麼說？」

仁吉露出一副大大吃了一驚的表情。一太郎把說話的音調更是壓低：

「我跟仁吉一起被襲的那一天，那傢伙也在我面前說有味道。我確定是在店頭後面那個房間裡說的。但這裡是藥鋪，味道是從哪裡來的，就算是半妖墨斗怪也弄不清楚吧？」

家丁你看著我，我看著你。少當家看到仁吉臉上已不帶一絲笑容。

「所以榮吉才會被襲擊。因爲榮吉帶著我交給他的紙包和便箋。再加上那個武士一拿到那張便箋，便放下正要揮砍的刀子，消失到不知何處去了。」

「榮吉被誤認爲是藥商而受了重傷，眞是可憐。」

「事情並非如此，不是嗎？被半妖墨斗怪視爲目標的氣味就在我的周遭。但是，我在家裡並不會把藥盒帶在身上，更何況藥盒裡頭也不會放進什麼特別之物。究竟是什麼東西的香味？又是怎麼一回事？」

「您要問我們這件事嗎？半妖墨斗怪在想些什麼，我們怎麼會明白。」

被家丁冷冷拒絕的少當家仍不肯罷休。

「有關我自身的事，你們兩位不是比我自己還要更清楚嗎？爺爺帶你們來的時候，明明什麼都了然於心的樣子。」

「不管你怎麼說，不知道的事還是沒辦法回答。」

就這樣僵持不下，兩邊互瞪了好一陣子之後……

火盆的位置正好夾在中間，房間充滿了讓上頭的不倒翁幾乎要冒出冷汗的沉默。兩邊都不肯開口。看來今天雙方都互不相讓。

就在這時。

「少當家，不好意思，打擾一下。」

從房間角落傳來的這一聲，打破了這場僵局。佐助立時臉色一沉，粗起了嗓子，回頭大罵：

「屏風覷！這不是你有資格講話的場合，給我閉嘴！」

「犬神，白澤，有客人來了。」

實在很少被付喪神以原名稱呼的家丁們，朝屏風後望去。這時，在屏風後方的陰暗處，有個身形高大、一副窮酸樣的和尚緩緩現身。

二、

「見越入道②大人，有勞您特地前來探訪，有失遠迎……」

低頭行禮的兩人，快手快腳地準備好坐墊，請和尚上座。總之看來這和尚的身分高於他們兩人。一太郎是第一次看到有妖怪的地位似乎比家丁們還要更高。

「少當家，稍微打擾一下。喔喔，今天身體好像還不錯。很好，很好。」

「……謝謝。」

雖然這個和尚突然出現在眼前，卻有種似曾相識的感覺。他定睛細看這名外表像個細瘦和尚的妖怪，靈光一現，「啊」地喊出聲來。

「這不是……上次從仁吉手上把榮吉做的大福麻口收下來的那位和尚先生嗎？」

「哎呀呀，你看到啦？」

見越入道張開大大的嘴巴，哈哈地笑起來。

「那些大福麻口味道還眞特殊。不過我周遭的親友都很喜歡。」

和尚滿臉笑意地說。在看來心情十分愉悅的見越入道面前，家丁們卻低著頭，表情

②一種妖怪，穿著打扮與一般光頭的僧侶無異，但材極為高大。傳說身軀會越看越高，越是看不到頂，最後讓人因不斷抬頭朝上看，而往後摔倒。

僵硬。

「對了，今天我來的原因……」見越入道微笑著朝少當家說：「聽起來可能有點不習慣，不過少當家，是有關你的事。你好好聽著。」

「是。」

一太郎只能如此回答。喝口端上來的熱茶，見越入道開口了。

「我會來到這裡，是因爲皮衣③大人拜託我一件事。」

家丁們的臉倏地轉向見越入道。看來他們似乎聽過見越入道口中所說的名字。

「因爲犬神你們最近曾大動作地支使妖怪們辦事。皮衣大人對此感到奇怪，不知發生何事，心裡也掛念著身體虛弱的少當家。」

「掛念我？那位皮衣大人是什麼人？」

一太郎怯生生地問，見越入道又笑了起來。

「喔喔，你沒聽過這個名字嗎？她就是阿銀啊。長崎屋伊三郎的妻子，銀。阿妙的母親。也就是你的祖母。」

「咦……」

就算對方這麼說，對一太郎而言，還是摸不著頭緒。

「我聽說阿銀祖母很早就過世了。但是這位皮衣……是怎麼回事？」

③「皮衣」指的是活了三千年以上的妖狐幻化而成的美女。傳說中妖狐若將水藻放在頭上，朝北斗七星膜拜，便能化身為美女。中國唐代著作《酉陽雜俎》中亦有記載。

「什麼怎麼回事，事實就是如你聽到的一樣啊。阿銀的本性是妖怪。三千歲的大妖怪唷。我很久以前就認識她了。」

「妖……怪？」

突然聽說自己的祖母是個不得了的大妖怪，一時之間很難馬上反應過來。對著只能瞪大雙眼，半聲不出而啞默無言的一太郎，心情愉快的見越入道繼續說：

「哎呀呀？居然還不相信？你以爲這些妖怪爲什麼會跟著少當家你呀？而且要是有妖怪出現，就算對方僞裝成人類的樣子，你也能輕易分辨出來吧？」

「啊……」

這麼說來才發現確實如此，一太郎的確看得見妖怪。店裡的人都看不到的鳴家，他卻輕易地看見。還有如同兄長般的兩名妖怪家丁。平日的玩伴則是付喪神屛風覷。見越入道的話，就像雨水滲入乾燥的庭院泥土地般，逐漸浸透到腦中。他這下子才知道原來是這麼一回事。

「那……我也是妖怪嗎？」

他一臉認眞地這麼問，讓見越入道發出哈哈大笑。

「自古以來，人類與妖狐或幽鬼結合後產下子嗣的例子相當多，生下來的小孩也都當成人類撫養。而他們多少也都繼承了一些不尋常的能力。」

一太郎深深地倒吸一口氣。待他終於稍微冷靜下來時，卻看到那兩名家丁擺出漠不關心的德性。這兩人肯定都知道一太郎的祖母和自己同樣都是妖怪。但在這麼長的年月裡，卻不曾告訴一太郎。

突地一股怒意湧上心頭，他刻意背對著家丁，盯著見越入道看。

「這個……若您清楚的話，我有事情想向您請教……」

「若是我知道的事，當然沒問題。」

看來這位被家丁們加上「大人」來尊稱的大妖怪，個性倒是非常和藹可親。趁他還沒反悔，一太郎趕緊將想到的事情逐項提出疑問。

「我娘知道祖母是妖怪的事情嗎？」

「當然知道。阿妙和你一樣，都看得到妖怪。畢竟阿銀在你生下來的前一年都還住在這裡嘛。」

「這樣啊……那，我祖父呢？他是知道眞相才跟我祖母在一起的嗎？」

「他們是兩情相悅才結合的。伊三郎大人和阿銀相遇時，武士還有『許婚制』，也就是成親的對象要由長輩或上司指定。但他還是捨棄了一切，將已知是妖怪的阿銀給娶進門。阿銀的同族妖狐們，都覺得身爲人類的伊三郎，實在是個了不起的好漢。」

他們就這樣攜手同行，一起從西國九州逃到江戶。阿銀那族的妖怪們，也由於這二人互相扶持，給予強力的協助，見越入道這麼說著。

「所以才能只靠爺爺這一代，便在通町建立起店鋪啊。」

就這樣拋棄一切的祖母，雖是妖怪之身，卻英年早逝……但又在這時候掛念起一太郎，到底怎麼回事？

「等一下，祖母在我生下來之前便已辭世。爲什麼會擔心現在的我呢？」

「哎呀？皮衣大人過世了嗎？我怎麼不知有這回事？」

見越入道吐著舌頭、古靈精怪地說，少當家這下才發覺事情的眞相。

「原來她還活著。」

「我上次見到她時，還很有精神呢。她現在正侍奉著女神荼枳尼天大人④。」

「什麼！」

世上的萬物，並不僅止於眼睛能看見的世界而已。與妖怪相熟的一太郎應該能體會這點。但是他尚未見過能稱之爲「神」的事物。若見越入道隨口說出的這句話可以相信，那麼「神」似乎也實際存在於某處。

「我祖母明明爲了和祖父在一起而捨棄了一切，爲什麼又要和祖父分開，離開這個家呢？」

以爲同樣能得到答覆而輕鬆提出的問題，卻突然被家丁的聲音給打斷。

④印度佛教的女神之一，亦寫作「荼吉尼」。荼枳尼天在日本的《古今著聞集》中常與靈狐信仰共同出現，後世便將之與祭祀狐仙的稻荷信仰結合為一。於日本中世起，開始出現騎乘在巨狐身上的荼枳尼天畫像；但事實上這種姿態在各種正式的佛教典籍中都不曾出現。

「見越入道大人，皮衣大人有說過可以把一切都告訴少當家嗎？」

坐在拉門前的仁吉，一臉嚴肅地望著見越入道。大妖怪視線朝下瞄瞄家丁，苦笑起來。

「看來你還是一點都沒變，仍舊把一太郎少爺當小孩子看。也對，以妖怪的年齡來看，他的確好像剛出生沒多久。但是以人類的眼光來看，這年紀可不能再一直寵溺下去了。」

見越入道這麼說完，重新面向一太郎，盯著他的臉孔瞧。他一張口，卻開始說起和一太郎詢問的事不相干的話。

「鳴家們喧鬧不休，直嚷嚷著殺人案不斷發生的事。這樁騷動，似乎跟變不成付喪神的半妖有關。」

「是的。雖然已經知道和半妖有關……」

但是，還是不明白什麼才是半妖所尋找的目標。

「不過，我想他在找的那個東西，應該就在我這裡。我有這種感覺。」

「那傢伙應該是很久以前就想化爲付喪神了吧。若過度迷失在欲望中，便看不見周遭事物了。」

見越入道笑著說，就在不久之前，也曾出現過同樣的人。

「雖然還是個年輕女子，卻怎麼也懷不了子嗣。雖然曾產下一子，但馬上就夭折了。在當時似乎就已經被醫師宣告得子無望。但是，女子還是想要孩子。她願意付出任何代價，看起來就像發了狂似地執著渴求。」

一太郎覺得這些話好像在哪裡聽過。回頭望著家丁們，兩人卻故意朝別處看。心裡沒來由地感到焦躁不安。先前仁吉爲何要阻止見越入道說話呢？

「女子朝神明祈求，表示就算付出自己的性命，也要求得子嗣。女子的母親折服於這股意念，便以讓自己成爲伺奉者爲交換條件，從荼枳尼天大人那兒求得祕藥。那是能讓死者的魂魄甦醒的神藥，馨香馥郁，可傳百里之遙。這藥就叫『返魂香』。」

「死者的魂魄！」

少當家的臉色變得蒼白，手指緊緊抓住火盆邊緣。見越入道雖然也瞥見此景，話卻沒停下來。

「女子雖然沒有要以母親交換的意思，但母親已留下返魂香而離去，已沒有挽回的餘地。所以她便使用了荼枳尼天大人授予的返魂香。」

「……所以孩子出世了嗎？靠返魂香的力量。」

「將嬰孩已經往生的靈魂，拉回這個世上。沒錯，阿妙成爲人母了。」

他深深倒吸一口氣。

說出名字前，他就已經發現這是在說母親阿妙和祖母阿銀的事。

原來我是早該死去的孩子啊……

突然聽到這些話，心中千頭萬緒一時也理不清，在腦袋裡衝來撞去，無法平息。

但是……這聽起來也不像是謊話。沒錯，從這些話中的條理來看，確實有道理。

那麼現在的自己是因爲使用了神藥才會被帶回這個世上，其實原本是個已經往生的人。感覺起來好像是個非人非妖、很難說是什麼東西的奇妙生物。返魂香……香氣可傳百里的靈藥，究竟是從哪裡把一太郎帶回人世間的呢？

藥的……香氣？

難不成是因爲使用過返魂香的一太郎，至今身上仍有香味？半妖墨斗怪在襲擊人時，頻繁地提到香味的事。是因爲想取回自己欠缺的魂魄，墨斗才要尋找這帖靈藥嗎？

「仁吉，佐助，半妖墨斗怪想得到的藥就是返魂香，這件事你們該不會早就察覺到了吧？」

少當家身後的兩人突然被叫到名字，面紅耳赤地抬起頭來。兩人被氣到不知所措的少當家狠狠瞪視，心慌意亂且無地自容。見越入道在這時伸出援手，說：

「噯，別生氣。就算能早點追查到返魂香的事，還是束手無策。那是用返魂樹做的靈香，只生長在神之庭院中的山林裡，是非常難得之物。阿妙能夠得到此藥，也是貴爲大妖的皮衣大人以自身爲交換條件，才好不容易拿到手的。現在這世上已經沒有此藥了。」

「咦？無法得手了？」

一太郎雙眼圓睜，呆若木雞。

「那就無法把返魂香交給墨斗，讓這件事得以告終？」

「我想是不可能了。」

見越入道斬釘截鐵的回答，讓一太郎苦惱了起來。

這麼一來，只剩兩條路可走。其一是在半妖墨斗怪的力量耗盡、妖性消失之前，總之都乖乖待在店裡，不要外出。

另一條路就是與墨斗對決之路。告訴他靈香已經不存於世上，若他能接受便能無事落幕。但若已說明清楚卻還是聽不進去，就只能靠力量強迫他屈服了。

但依照半妖墨斗怪到目前爲止的行徑來看，實在很難想像他會被說服了事。

畢竟還是凡人之身的我，要怎麼對付半妖墨斗怪這樣發狂的妖物呢？

雖然難以置信，不過的確很難說自己是尋常人。但是，除了能看到妖怪之外，其他什麼能力也沒有。就算對方只是單純的殺人凶手，但只要遇上，一太郎光想著要怎麼逃走，就已經費盡心力。

「少當家，事情已到這個地步，就請您暫時先安分地待在店裡吧。只有在這間店裡，不管付喪神半妖墨斗怪怎麼處心積慮想闖進來，也絕對不會讓他得逞。我們一定會好好守住這裡。」

「拜託您了。請就這麼決定吧。」

被兩名家丁你一句我一句這麼要求，少當家也覺得這是最好的辦法。要以人類之身和妖異之力對峙，絕對沒有勝算。

更重要的一點，就是實在不想去做這麼可怕的事。

都已經有人要好好守護自己了，當然不會任性地恣意外出。父母可是會擔心呢。若硬要逞強，說不定這孱弱的身軀早在發出悲鳴、被半妖墨斗怪殺害之前，就因爲生病而一命嗚呼了。還是別去想那些傻事，這才是最聰明的想法。

但是——

一太郎仍舊以規矩的姿勢正襟危坐，像要穿透似地不斷盯著榻榻米的紋路瞧。有些事他必須去思考。眼前的確有得想出解決方案的棘手難題。

若是仍然無法取得返魂香，半妖墨斗怪就只能等著變回壞掉的工具。妖力消失的時間點已迫在眉睫，想必會因恐懼死亡而更加瘋狂地想得到返魂香。就算他現在繼續殺人，也已於事無補。放著不管的話，直到他不知何時才會消失的那天爲止，還不曉得會有多少人要深受其害。

藥鋪老闆們被殺死了。榮吉被砍傷而躺在床上休養。你這傢伙可以待在安全的長崎屋裡，眼睜睜看著受害者不斷增加嗎？有人正因爲自己的緣故而面臨死亡。這樣能說不是自己的錯嗎？

少當家沉默無語，和火盆上的不倒翁圖案互相瞪視。沒有人能給他答案。房裡的任何一個人都不開口。現在正是一太郎必須做決定的時刻。與自身性命相關的抉擇，沒有其他人可以插嘴的餘地。

若是在這時選擇逃避，一定會覺得自己要是沒被生下來就好了。要是自己不存在，那不必死這麼多人就能結束這場風波。搞不好娘心中會怨嘆爲何要使用返魂香、怨恨著自己也說不定呢。

如此說來，不管選擇何種生存之路，都會是件難事。

「不知怎麼搞的，總覺得我似乎非得想辦法對付那半妖墨斗怪不可。」

一太郎露出一副豁出去的態度，告訴房間裡的妖怪們，他決定挺身對抗半妖墨斗怪。

「您說的這是什麼話！」

家丁們哀號似地大喊出聲。但這聲音卻被突如其來的呵呵大笑給蓋了過去。

「哎呀呀，眞是太讓人佩服了。明明聽說你老是臥病在床、三不五時就徘徊在生死關頭，沒想到骨子裡卻是如此堅忍不拔。」

少當家一臉不快地轉過頭，朝看起來十分開心的見越入道說：

「我是因爲覺得不得不做，所以才決定要阻止半妖墨斗怪的，但要怎麼做才能對付得了他，心裡還沒個底呢。搞不好說我是『有勇無謀』還比較貼切。」

「就算如此，你還是想試一試，嗯嗯，這眞是太幸運了。」

見越入道不住點頭，大大咧開嘴巴笑了起來。接著這張笑臉竟急速擴展，開始變得比見越入道的身體還要更大。在看到這一幕而目瞪口呆的一太郎面前，見越入道的身體輪廓漸漸模糊，擴散到連地板及天花板都被覆蓋，房間裡也變得幽暗起來。已經擴大到異常的程度，連手腳都已經無法辨認了，卻只有咧著嘴的笑容還清楚地殘留下來，包圍住少當家。

「皮衣大人說，若是一太郎少爺再繼續造成人類的麻煩，就要讓你離開人世，把你帶到她身邊去。」

「咦……」

不只是一太郎，連兩名家丁和屏風覷，都不由自主發出短促的驚叫。原來見越入道來到店裡，不是單純因爲關心少當家的安危而已。

「畢竟皮衣大人現在是侍奉神明的身分，若是自己的孫子回到人世間會造成災禍散布，多少會覺得不妥吧。不過，你倒是自個兒表示要想辦法解決，眞是太好了。」

他直爽地說。變得猶如淡墨色煙幕般的見越入道，現在已引起了旋渦，在房間的半空中旋轉。一太郎就這麼被黑影刮起的旋風包圍，愣然地站在那裡。

「也就是說，如果我選擇躲在店裡直到災厄過去，那我就非死不可了是嗎？」

「沒這回事。皮衣大人怎麼可能會殺死自己唯一的孫子呢？只是讓你離開人世而已。因爲你是皮衣大人的孫子，大概會把你安置在荼枳尼天大人的庭院一隅吧。」

那不是跟死後到另一個世界去沒什麼兩樣嗎？

不知不覺中，竟然變成關係到長崎屋一太郎是否能繼續存在的問答題。直到現在才覺得要捏把冷汗，這時在別館裡擴散開來的妖幕也漸漸淡去，沒多久便擴散到無止境，連氣息也完全不復存在。

「那就期待你能大顯身手了。」

身軀已消失得無影無蹤，卻還能聽到從天花板傳來的說話聲，最後瞬間露出微微一笑，見越入道便打道回府了。只留下原本被見越入道的旋渦包圍的三人，癱坐在別館裡，站都站不起來。

「這位大人一點都沒變，依舊如此驚天動地……」

佐助嘟噥著。他設法站起身來，靠近少當家說：「您沒事吧？」擔心地扶住一太郎的身子，確認他是否平安無事。一旁的仁吉雙手雙腳趴伏在地，瞳仁變得尖細，說：

「我……差點就要害少當家被趕出這個世界了！」

若是一太郎選擇自己建議的方案，那麼一太郎現在肯定已經被帶離開這個世界。妖怪內心受到劇烈衝擊，全身顫抖而無法站起身來。

一太郎卻故意以刻薄的口氣，朝這名家丁說話：

「仁吉，沒時間讓你在那兒打哆嗦了。如果想留我在這間店裡，就得想辦法治治那個半妖墨斗怪不可。這也得借重你的力量呢。」

聽他這麼說，妖怪家丁才抬起頭來。

「佐助也一樣。目前比我的身體狀況更該多想想的，就是該怎麼對付半妖墨斗怪。你們都會幫忙出力吧？」

「當然！」

三個人都沒想到，居然會冒出比發狂的付喪神還要駭人的東西。

總之得先想出所有的對策，非得打贏它不可。若是失敗，一太郎就勢必得從日常生活中消失了。

第九章

炎

一、

「少當家，這護符眞的有效嗎？」

時隔三日，用完早膳之後，在別館裡頭，兩名妖怪家丁正用猜疑的眼光，看著手持號稱能封妖鎮魔的護符的少當家。書桌上則是派店裡的人到上野寺院求來的符咒，世人皆對其效果讚譽有加，相當肯定。

「要是沒效就傷腦筋了。上野廣德寺的寬朝大人，還有東叡山的壽眞大人，都是有名的妖魔封印法師。因此我才會捐獻大筆金錢，好求得這些護符啊。」

原來這些寫上看似梵文字樣的紙片，五十張爲一捆，要二十五兩銀。

「這是從廣德寺求來的。」

還有一把看似平凡，卻號稱能夠斬妖除魔的護身刀，也一樣是二十五兩。這則是東叡山的物品。

在這兩座寺廟的其他地方也出了不少錢，總共花掉高達七十兩的鉅款。

「最近的和尚還眞是貪得無厭！」

家丁們光是聽到號稱能封印妖物就覺得夠不愉快了，那些和尚居然還理所當然地要求信眾捐獻鉅款，實在令人感到憤怒。雖然很懷疑這些東西能有多少效用，但少當家畢竟是凡人之身，在狂暴化的半妖墨斗怪之前，沒有任何能自保的招術。若他表示想要這些東西，當然也不能攔著他。

「話說回來，少當家，這些錢是哪來的？就算再怎麼寬裕，您的錢包裡也不會有七十兩這麼多吧？」

「因爲覺得很難跟我爹開口，所以是跟我娘要來的。我跟她說想要一百兩，她就給了我一枚金幣。」

「……您還眞敢開口要求啊。您有說明用處嗎？」

「我什麼都沒說呢，娘她到底是怎麼想的呢？」

「什麼……」

雖然有話直說這點正是少當家的本色，但這樣的情形，還是讓佐助感到全身脫力。

「看來還是從筋違橋御門一帶，通往不忍池的那條路比較適合。」

少當家絲毫不在意花了多少錢，在書桌前坐好後，便在自己繪製的地圖記上護符的記號。標示出哪些是已經貼好符咒、封印起來的場所。

半妖墨斗怪循著返魂香的氣味，在通町一帶流連徘徊。受害者也多是這附近的人。

少當家先在繁華且人來人往的通町及店內貼上封印的護符，試圖讓半妖墨斗怪無法靠近。

若是要戰鬥，還是儘量選在人和房屋都不多的地方比較好。暫時先讓它無法靠近長崎屋附近，然後少當家再刻意跑到偏僻的地方去。這麼一來，墨斗應該會受少當家的香味引誘而尾隨其後。

「您想把場地選在上野的東叡山嗎？」

對於仁吉的問題，他點頭表示回答。江戶裡到處都有民房或武士官邸，實在不是能讓半妖墨斗怪胡亂撒野的好地方。雖然離通町相當遠，但也沒有比東叡山境內更加寬廣之處了。

況且寬朝和壽眞也都在上野。萬一半妖墨斗怪沒被一太郎收拾掉，因而做出醒目暴行，說不定就會被寺裡的人封印起來。

雖然家丁們以懷疑的眼光來看待護符，但一太郎還是覺得有效。因爲有個相當明顯的證據。

他拿到護符那天，一回到別館便看到屏風覷跑出來了。

「欸，可以讓我試試看有沒有效嗎？」

話說出口的同時也亮出了符咒。他得到屏風覷即刻的反應：

「呀！」

回過神來時，房間裡只殘留那短短的哀號，四下已無屏風覷的身影。原來是回到繪畫裡去了。

「呃，難不成這真的有效？」

他戰戰兢兢地問，屏風覷哀怨地回答：

「那是封印妖怪的護符吧！少當家是想把我給封印起來嗎？」

「不是，我只是想試試看這符有沒有效而已。只是試一下……」

「過分！我自始至終都爲了少當家而盡心盡力，竟然這樣對我！」

「對不起，別生氣嘛。我沒想到這會這麼有效。」

不管怎麼道歉，屏風覷還是不接受。從屏風覷之後就不肯跟他說話的狀況來看，這符咒有十足的效果。這麼說來，自從把符咒帶進門後，就再也沒看到鳴家出現了。

但另一方面，他正將剩餘的護符疊成一捆時，仁吉和佐助卻還是若無其事來到旁邊。

這對半妖墨斗怪會有多少效果……就得賭賭看了。

若可能，當然希望這符有値二十五兩的效果，但這並不像商人買賣一樣，能要求效益等値。所以也只能自求多福了。

「以護符在通町設下封印，設計它到東叡山去，在那裡解決它。」

少當家定下的計畫十分單純。

若是妖怪之間的對決，佐助他們應該會比半妖墨斗怪還要占上風。但是有些狀況也很讓人傷腦筋。其一就是墨斗附身在人類身上的狀況。以家丁身分存在人世的兩人，可不能讓他們犯下殺人之罪。

「這該怎麼處理才好呢？」

更令人煩惱的問題，就是不知能不能順利引誘墨斗靠近。半妖墨斗怪至今爲止，已經襲擊了那麼多一太郎以外的人。看來在一太郎出世之前使用的返魂香香氣，隨著將近二十年的光陰流逝，可說已是變得十分淡薄了。

眞的能順利在自身方便的日子，引出半妖來嗎？這才是最大的問題。

這樁對一太郎而言等於賭上性命的事卻有另一個阻礙，那就是雙親的關注。若要到東叡山和半妖墨斗怪對峙，想必得耗費掉一整天。依對手難纏程度不同，事情可能會拖到晚上還搞不定。他可不想再讓雙親擔憂而引起騷動了。

而家丁們要出門，當然不可能瞞得了店裡的人。甚至還得三人同時一起外出，更是麻煩。因此不得不預先決定好日期。

若半妖墨斗怪沒在這個時候被香味引來，便是最糟也不過了。

「哎……」

不知不覺中發出的這聲嘆息，讓佐助轉過頭來。

「少當家，您累了嗎？」

這幾天都神經緊繃，一太郎的臉色確實有些不好。但就算如此，若不想從這個家中消失，現在更是非得加把勁努力不可。

「我正在為香味的問題頭疼呢。」

將問題點提出來與家丁們討論後，卻在意想不到處出現救兵。

「少當家，若只是香味的問題，說不定有辦法借得到喔。」

從天花板傳來聲音，朝上一看，看到有幾隻鳴家緊貼在角落，正以驚懼萬分的表情瞪著護符的方向看。少當家趕緊將那疊紙片藏到房間角落的小抽屜裡。

「這樣就可以下來了吧？」

招呼他們下來後，幾隻鳴家便一面東張西望一面走到地板上來。眾人圍坐在火盆周圍，少當家問起剛才他們說的話。

「以前阿妙大人曾焚過一種香，去聞那薰煙，似乎是種高貴的藥。那藥就是包在一張小小的淡粉紅色紙片裡。」

「對了，你們那時已經在這個家裡了。」

「是的。荼枳尼天大人派使者前來，實在是件稀罕的事，所以我們才會躲在暗處偷看。」

那是在靠返魂香懷胎後、產下孩子之前幾個月的事。阿妙爲了祈求這次能夠平安無事生下孩子，便將用來包裝返魂香的薄紙和其他供品，一起放進庭院中的稻荷神社祭拜。

「那張紙上頭，說不定還留有強烈的香氣。若上頭沾有極其微小的香屑，也不足爲奇。」

「這樣一定會派上用場的。少當家，咱們去看看吧。」

家丁馬上作勢要衝到庭院裡去，一太郎卻抓住他的袖子，將他留下。

「等一下。大白天就去打開稻荷大人的廟堂，店裡的人會發現的。到時你們怎麼解釋？等晚上再去啦！晚上！」

「……這樣喔？」

見到家丁們一副不滿的樣子，少當家又嘆了口氣。

還是跟往常一樣，妖怪這種生物，老是會讓人捏把冷汗

總之只能先等到晚上再說。爲防萬一，少當家開始在店裡各處貼上守護的護符，嗚家們很快便溜得無影無蹤。

低空的雲層遮蓋了月光。這個幾近全黑的夜晚，對正朝稻荷祠廟靠近的三人來說，

再好也不過了。

因爲是要開啓長久以來都沒開過的神社，爲了防灰塵，三人頭上都蓋著染有小圓點花樣的手巾，腰上也再多掛一條。家丁們手拿著小掃把和抹布，少當家則捧著供品過去。爲了避開其他人的耳目，他們在庭院裡謹愼無聲地行走。

少當家的嘴裡小聲吐出了抱怨的語句：

「怎麼覺得像是去當小偷啊。明明是要跟殺人凶手的半妖墨斗怪對決，可是總覺得自己在做的事，跟古今的英雄豪傑完全不同哩。」

這句話得到的回應，是從旁傳來壓抑般的笑聲。

「沒辦法啊，少當家。我們是商人，跟那些講究形式、爲了外表身段而賭上性命的武士不同。不管是工作還是每天的雜事，都不能丟著不管。只好在分裝船貨和調配藥方的空檔時，打倒渾身沾滿鮮血的妖物了。」

「眞是的，說這什麼殺風景的話嘛。」

靠近倉庫的稻荷神社小歸小，卻是由人稱當代名匠的宮廷木工師傅所建造的，因此整體做工相當精緻。前方的門扉上鏤空彫刻出花朵及樹木的雙層圖案，相當美麗。在門扉前方，是阿妙至今仍無一日間斷、所供奉的糯米糰子與御神酒。

「不好意思，打擾了。」

仁吉邊這麼說，邊將供品放到旁邊去。一拉開小小的門扉，便從中傳來既甘甜又清冽的馨香，讓他們忍不住瞪大了眼睛，呆站原地。

「原來如此，這就是返魂香的味道啊……」

一太郎朝小型祠廟裡頭探看。在陳列的小酒樽、明鏡與玉石之間，有張放在布上、看起來相當受到重視的紙片。

不可思議的是紙片看起來竟然像新的一樣。不但完全未沾上塵埃，淡淡的粉紅也絲毫不見褪色。伸手一拿，薄薄的紙張彷彿就要碎掉般。散發出的香氣更加濃郁，幾乎使人暈眩。

「這種香味有從我身上散發出來過？」

少當家歪頭疑惑的樣子，讓兩名家丁露出複雜的表情。兩人都跟在一太郎身邊太久了，已經習慣這種味道。就算眞的還有一點香氣，現在也已經無法察覺了吧。

三人將稻荷神社裡清理乾淨，放上新的供品，做爲拜借返魂香紙片的回禮。

祖母大人，請保祐我能夠渡過這次難關。

在離開庭院之前，一太郎不斷朝稻荷神社誠心祈求。向天地祈禱完，之後便是自己的責任。現在只能相信自己，盡力而爲了。

「仁吉，可以到店裡幫我拿藥碾、茶臼和天秤來嗎？」

少當家一回到別館的房間裡，馬上對仁吉這麼說，使得仁吉皺起了眉頭。

「少當家，已經過五時了呢。雖然不曉得您有什麼打算，不過距離計畫實行還有段時日。今天請您先就寢吧。」

這段期間有許多事情要辦，持續忙了好一陣子。的確是覺得累了，若是平常，便會乖乖聽家丁的話，鑽進被窩裡；但今晚的一太郎卻不同意這麼做。

「現在不多拚命一點，到時候如果事情不順利，一定會很不甘心。這回請先睜隻眼閉隻眼吧。」

「……我知道了。您要做藥是嗎？可千萬別逞強喔。」

仁吉這三天的態度也和以往不同。他立刻就退出房間，幫忙把製藥工具從店裡拿過來。他這樣的舉動更讓一太郎感受到與平時的差異。少當家坐在書桌前，開始磨起白天便已選好的藥草；佐助的臉龐從背後靠了過來，問：

「少當家，您犧牲睡眠時間在做什麼東西呀？」

「藥啊。其實啊，我是想在那張淺粉紅色的紙片裡頭，包進一粒看來像是返魂香的藥。這麼一來就更像真貨，也更容易把半妖墨斗怪給引來了。」

「難道您是想在裡頭下毒？靠毒來打倒對方恐怕不容易哩。」

「……果然連你也覺得沒有效嗎？」

「對人有效的東西，在我們身上可起不了作用。對妖怪有用的毒藥雖說也不是沒有，但每種妖怪都不太一樣。想對完全不了解的妖怪下毒，實在是難如登天。」

佐助如此直接的意見，似乎讓少當家十分失望。但他還是表示要改變配方，繼續將藥劑調和，做出一個剛好能讓四方形紙張包住的褐色小藥塊。放在紙上，以扭擰手巾般的手法包成小球後，一個散發香氣的小藥包便眞的完成了。

一太郎將之小心翼翼地包在隨身攜帶的和紙裡，再放到錢包中。

「差不多快四時了。就當我求您，請趕快就寢好嗎？否則還沒出發到上野，您又會病倒了。」

這次很快便點頭同意仁吉的話，趕緊換下衣服，躺到床上去。

「眞是難堪啊。去討伐惡鬼的武將，才不會因爲疲累而病倒在床呢。你們說對不對？」

「要睡覺也好，要休息也好，只要打贏不就行了？勝負才是最主要的。」

「佐助眞是個道地的商人啊。」

榻榻米上說笑著的當兒，很快就開始想睡了。決定好貼護符的場所，派童子出去一一設下封印，就花了三天。和半妖墨斗怪對抗眞的很辛苦。不過通町應該都已經設好封印結界。這幾天都沒出現被害者，就是最好的證據。

因爲店裡事務繁忙，所以明明已經設下封印結界，這段期間卻還是沒有半點行動。佐助說他還得再花五天，才能把這次來的船貨給處理完畢。所以少當家跟家丁們約好，待船貨處理完畢，便要一口氣將半妖墨斗怪給解決。

「事情不快點結束，這下說不定我又要病倒了。」

總而言之，從現在的身體狀況來看，明天還是放輕鬆一點會比較好。一太郎一邊慶幸自己早上勢必會賴床卻不會被責怪，一邊被睡意拉進了深沉的夢境。

二、

睜開眼睛時，一太郎的心情極差。因爲他還是睏得不得了。關上遮雨窗的房間內，和平時同樣幽暗。他皺著眉頭過了一陣子，才突然發現一件事。那就是平時在一太郎睡醒時便來到房間的佐助，今天並沒有出現。

咦？這是怎麼回事？

拿起無蓋衣物淺箱中的外套，披在肩上後便走出房間。打開走廊上的小窗一看，天邊還是夜色滿布。凌晨六時的鐘聲一定還未響起。看來似乎比平常還要早起了許多。

竟有這麼稀奇的事。

少當家一邊滿腹疑惑，一邊走出別館的玄關，想到店鋪那邊看看。聽得見人聲嘈雜，似乎有什麼騷動。

「少當家，您已經起床啦？」

他朝出聲的方向一看，正好看到兩名家丁橫越庭院跑了過來。

「發生什麼事？」

正這麼問時，一旁卻從黑暗的夜空中傳來比家丁更快回答的火警鐘聲。

「發生火災了！鐘聲只敲了一下，應該離這裡不近吧。知道是哪邊失火了嗎？」

「只知道是北邊，詳細狀況還不清楚。剛才總管已經派人去看看狀況了。」

「北邊？」

在他們談話的當兒，店裡的人不斷朝倉庫的方向跑去。因爲火警鐘聲清晰可聞，勢必會把眾人都吵醒，四周一片嘈雜混亂。

一旦蔓延成大火，便無法輕易撲滅。這時就得要有被延燒波及的覺悟，大型店鋪更是得在火勢接近之前，將倉庫的窗戶或出入口全部以黏土封住。長崎屋在店內挖掘深穴而建造的地下倉庫，設有可以丟入店內貨物及家具的機關。將洞穴的門關上後，再倒上準備好的泥土，以防物品遭火舌吞噬。

接著便可以一身輕巧地逃走了。店裡的人逃走後的去處，都已事先確定是哪幾間寺廟。依照風向不同，避難的方向也相異。

若有萬一，在火勢延燒過來之前，至少得先把這些事做完才行。店內員工被火警鐘聲吵醒後，開始來回走動喧嘩，似乎就是讓一太郎從睡夢中醒來的原因。

「總之還是先去換衣服吧，穿這樣會感冒的。」

家丁催促他回到別館。火勢動向還未確認，佐助也無法叫少當家回去繼續睡。在這時，從店鋪那邊傳來巨大的聲響。仁吉朝聲音的來源飛奔而去。但過不了多久就又回來了，一臉放鬆的表情。

「起火處是在很北邊的地方……加賀藩那一帶的樣子。因爲風從東面來，目前火勢應該不會越過大溝，朝我們這邊來吧。」

「加賀藩？」

一聽到這句話，少當家臉色驟變。「怎麼了嗎？」少當家簡短地回答佐助的疑問：

「松之助哥哥幫傭之處，就在那一帶。」

「這麼說來……」

三人面面相覷。

因爲方才得到的情報，長崎屋上下似乎已回到原有的冷靜。經常往來的泥水匠飛奔到店裡，看到無須將倉庫的門窗用黏土封住後，便先打道回府。總管雖然表示暫時仍得多留意一會兒，不過其他人已經回到房間，著手迎接比平時還早一點開始的一日。畢竟已經沒有足夠的時間再睡個回籠覺了。

「你們兩個都過來一下。」

少當家叫家丁們到別館裡來。雖然告訴他可以繼續回去睡，但少當家卻吩咐他們點上油燈，脫去睡衣，開始換裝。佐助便趁這時候收拾好寢具，仁吉則在繪有不倒翁圖案的火盆中生起炭火。唯有遮雨窗還保持關閉，三人開始談話。

「其實，這場火災讓我覺得不安。」

少當家這句話，使得仁吉挑起了一邊的眉毛質疑。

「不安？此話怎講？」

「目前，通町正被護符封印住了。而且昨天晚上，從這間店裡應該會傳出強烈的返魂香香氣。這可是據說香氣能散播至方圓百里的靈香喔。味道一定也傳到正在尋找返魂香的半妖墨斗怪鼻子裡了吧。」

「說不定眞是如此。但是這和……」

「那傢伙應該會試圖到這間店裡來，卻一步也沒辦法靠近。那麼你們想想看，他究竟會怎麼做？」

「……」

家丁們似乎也沒有想到這一點。

「半妖墨斗怪無論如何都想得到返魂香。他那麼焦急地找尋，當然不會眼睜睜地放棄已經知道所在的返魂香。」

佐助壓低著聲調問：

「那麼少當家是認爲墨斗跟這場火災有關係嘍？爲什麼？」

「先前那傢伙襲擊榮吉的時候，把我寫下的便箋給搶走了。便箋上頭就寫有松之助的名字和他幫傭處的店號，甚至還注明是身爲弟弟的我所寫的。」

「因爲沒辦法靠近這間店，便轉而在木桶店附近放火，想襲擊松之助是嗎？這要怎麼辦到？我不認爲墨斗有能力引燃火苗。」

「那傢伙應該是附在人類身上吧。只要讓被附身的人去縱火就行了。」

眞要說起來也確實如此，佐助也只能支支吾吾，無法反駁。

「爲什麼會跑到木桶店去呢？那兒可沒有返魂香啊。」

「我想，他是打算要吸引可能握有返魂香的我，離開店裡到北邊去。設計讓我因擔心兄長安危而踏出結界。既然這傢伙都快要變成付喪神，表示這器物歷經百年歲月之久，一定也長了不少知識吧。」

「這可不是開玩笑的。誰會刻意跑到火災現場去呀！這跟自己去送死沒兩樣。」

「這種事我們絕對不會同意的。」

仁吉和佐助表情嚴肅，少當家則顯得有些疲累。一太郎微笑著把手搭在火盆邊緣，朝家丁問：

「那麼，反正火災也不會燒到我們這兒來，那我就乖乖待在別館裡嘍？」

「咦，眞聽話啊。」

仁吉一臉懷疑，朝少當家看。因爲熱水已煮開而正動手準備沏茶的佐助，臉上的表情也像在問：「眞的嗎？」

「我如果不到北邊去，發怒的半妖墨斗怪說不定會乾脆讓火勢更加擴大。應該會死不少人吧，也會有走失的孩子、或是下落不明的民眾。這時候，我就躲在這邊，安安穩穩過我的日子。這麼一來，會發生什麼事？」

一太郎暫時不說話。不管怎麼說都得出門，所以非得讓這必須一起陪同自己前往的兩人，理解事情的嚴重。

「我想見越入道就會直接跑來把我給帶到祖母大人那兒去吧。若是讓我繼續留在人世間，會害更多人死掉。侍奉荼枳尼天大人的祖母，不會坐視不管吧？」

「這個……」

家丁們倒抽一口氣。兩人都是無論如何把少當家擺在第一順位，毫無二心的同伴，所以想到可能會降臨在一太郎身上的災難，遠比聽到火災的傷害還來得讓他們心慌意亂。

「非去不可。只有自己待在安全之處，這種事我做不到。我只能下定決心，親手去葬送半妖墨斗怪才行。」

「……昨天也弄到很晚才就寢，少當家想必很累了才是。」

仁吉又在那邊嘀嘀咕咕了起來。佐助似乎也因這意外的事態，無法掩飾內心的不安。

「預先在上野布下的護符沒有用了。逼他到設下護符之處，再由我和仁吉打倒他的方案，已經無法實行。」

「本來想誘他出來，反倒被他誘了出去，眞是始料未及。」

對此大概也只能苦笑了。

「護符還有餘。就用這些剩餘的護符阻止他的行動，再拿護身刀解決他。」

兩名家丁應該會賭上性命爲他兩肋插刀。「但是……」少當家咬住下唇。

「目前還不曉得該用什麼方法，才能把半妖墨斗怪從被附身的人身上趕出來。」

「什麼？雖然話不該這樣講，不過在火災現場有人死亡可是一點也醒目。今天只有這件事算是上天恩賜啦。」

佐助毫無遮攔地說出可怕的話。

「開什麼玩笑！」

雖然暫時先叮囑過他們不能這麼做，不過兩名妖怪到時和墨斗對峙的行動，應該仍會非常偏向妖怪的作風吧。

「決定要去的話，就趁天色未明時，儘快從店裡出發吧。雖然很遠，畢竟還是有火災。讓大當家發現的話，少當家就絕對出不了門啦。」

仁吉出聲催促，少當家將護符和錢包塞在懷裡，三人便急急忙忙從之前去三春屋時所走、靠近藥鋪的那道便門出去了。

「少當家沒多久就會想搭轎子了吧。」

他們知道以一太郎的腳程走不了多遠。但是天亮之前，很難在路上攔到轎子。就在三人決定放棄而開始步行時，三春屋隔壁街口乘轎處的店門卻突然打開了。看來似乎是因爲在意火警的鐘聲，所以有人跑出來探看。

「這眞是幫了大忙！」

仁吉趕快塞了大把車資，請他們出動轎子。雖然是少當家平常不會乘坐的便宜竹轎，但這時也沒得挑剔了。拜此所賜，三人比原先預想的早到昌平橋。

「這個……轎子沒辦法再往前頭去了。」

聽轎夫這麼說而走下轎子時，天邊已經越來越亮了。在停下來的轎子兩邊，抱著家當、背著小孩去避難的人群，彷彿流水般從旁邊經過。衣服凌亂、頭髮蓬散，慌亂騷動的景象映照在每個人的心底。從沾染在臉龐及手腳上的污黑煤灰，看得出逃離的火勢現場有多麼可怕。孩童的哭泣聲在還未完全明亮的天空下，高聲地傳遍四周。

「你們眞要到昌平橋對面去嗎？少當家也要一起去？好危險哪。」

相識的轎夫一臉擔心地看著他們。再次塞給他車錢，硬要他先回去後，家丁們便一人挾著少當家一邊，開始朝北前進。

從橋邊可以清楚看見北方的天空顯得赤紅一片，甚至還飄散來嗆鼻的臭味。

因爲風向目前仍朝西邊吹，所以若身在起火處，逃到東邊上野的寺廟中避難是最爲妥當的，但當火舌逼近時，自然就沒辦法順心如意了。許多人跑到神田神社前面又再往南。也許以爲逃到這一帶便能放心，所以眾人的腳步也放慢了，但臉上全都充滿了疲憊不堪的驚恐。緊緊捏住孩子的手不放的人、一心一意只顧抱著好不容易才搬出來的家當的人，這些人都不知以何處爲目標，只能不斷朝前走去。

三人逆著這波人潮前行，與他們錯身朝北邁進。走不了多久，便能清楚眺望到天邊赤紅的烈焰。

「看來……已經延燒得很廣了。」

少當家皺起眉頭。之前來到這裡的路上，還覺得神社周圍的小型武士宅邸挺多的，但這一帶似乎也被北邊來的火勢所波及了。西側是一大片燃燒焚燬的遺跡，若是住在附近的人一個沒注意而往那方向逃生，說不定沒多久就要葬身火窟。

「咳咳……」

一太郎被刺鼻的煙臭給嗆得咳嗽起來，仁吉急忙將手巾遞給他。少當家用手巾掩住口鼻，雙眼卻又被飄來的濃煙熏得淚流不止。

「我現在的樣子一定很慘不忍睹吧。」

少當家的話讓家丁們笑了起來。兩人在這樣的狀況下仍是相當鎮定，看得出與人類的不同。

「的確，看起來一點也不像是要出發討伐殺人凶手兼縱火犯、窮凶極惡的半妖墨斗怪的大人物。」

「咳咳！唔咳……」

就算被妖怪們講得如此不堪，也只能一個勁地猛咳，根本沒辦法回嘴。仁吉和佐助扶著一太郎，繼續往越來越炙熱的火災中心前進。和他們錯身而過的人漸漸稀少。偶爾還會看到倒在地上一動也不動的人，可能是被濃煙嗆昏；說不定已經沒有呼吸了。

繼續朝北前進。沒多久便看得到寬廣武士宅邸的外牆一端。（那裡便是加賀藩了嗎？）道路兩側的房屋都被火舌燃盡，連骨架都不留。小型的房屋門板一寸不剩地燒得完全焦黑，熏得漆黑的屋瓦碎成片片。熱氣像是要衝向三人似地，從左右方的腳邊捲刮而來。

之所以還能在這種情況下繼續前進，是因爲火勢最強烈的部分，已經隨著風勢從加賀藩的前方一帶，轉移到西邊去了。不知是否因爲如此，這一帶亦不見負責撲滅火災的消防員身影。消防員現在應該都忙著拆除那些位在火勢最前線之正前方的房舍。

右邊是綿延不斷、被煙熏黑的土牆。道路周圍的房屋都已燒燬，只剩下黑色炭塊遍布一地。

「能夠這麼靠近火災現場，都是拜風向朝上吹去所賜。」

左側的焦原餘火映照出的火光，讓佐助的臉顯得微微赤紅。這時已可清楚感到黎明降臨。

「但是到這地步，就沒辦法知道哪邊才是東屋了。」

就和仁吉說的一樣，一太郎也搞不清只去看過兩次的木桶店東屋究竟在哪裡。雖說已是江戶外圍，不過還算被劃分在江戶的範圍內，這一帶也有不少住宅和店家。木桶店東屋這間格局不大的二樓平房，已經隨著可供辨識的一切事物，形影不留地全部一起消失在火焰裡。正當少當家一邊被熱風燻拂，一邊陷入思考時，家丁們突然發出尖銳的警告聲：

「少當家！」

一太郎抬起頭來的一瞬間，佐助也同時將他朝一旁拉了過去。眼前突然冒出巨大的炎柱，被燒得完全焦黑的房屋殘骸，崩落至路上。

「好危險……差點就要被壓在底下了。謝謝你，佐助。」

一太郎喘著氣，肩頭劇烈起伏。佐助吊起眼角，咬住嘴唇。

「少當家，這可不是餘火造成的意外。是群鼬幹的好事，也就是妖怪！請務必小心！」

說完馬上就又從旁竄出一道火柱。仔細一看，火柱裡有許多隻尾巴和身軀頎長、近似老鼠的小獸，堆疊成高高一串。冷不防消失無蹤，火勢又燃燒得更加劇烈。原本火苗已經熄滅的地方，又開始燒了起來。

「這些傢伙都是半妖墨斗怪派來的吧。」

一太郎邊咳嗽，邊歪著腦袋感到疑惑。因爲墨斗還沒變成付喪神，很難想像竟然會有妖怪肯站在它那一邊。

「並非如此。我可不認識那些妖獸唷。」

突如其來的說話聲，讓正盯著復又燃燒起來之火勢的三人轉頭回望。在煙霧迷漫而模糊不清、火災現場的悲慘光景裡，卻有個穿著短外褂、外貌清爽潔淨到出奇的年輕男子站在那裡。

年輕男子看得出年約二十四、五歲，少當家還記得這長相。

「是東屋的獨生子與吉！」

「群魎最喜歡火災現場了。尤其喜歡大火災。因爲它們吞食被燒死之人的魂魄，就能變得更加強大。」

讓松之助飽嘗艱辛的沒出息少東，不可能會有如此過人的膽識。從他竟能在已無人煙的悲慘火災現場侃侃而談這點來看，只有一種可能。

「你是墨斗吧。」

對於少當家的問題，對方報以邪笑，說：「你果然來了。」一太郎問半妖墨斗怪：「松之助哥哥在哪裡？」他卻說他不記得了。「誰會去一一記得哪個人是在哪裡殺掉的啊？」少當家的臉色立刻變得蒼白。

「你殺了他？爲什麼！」

「因爲你不把藥交出來啊。不給你點顏色瞧瞧怎麼行。」

「你這個……半妖墨斗怪……」

聽到這種稱呼，笑容從他臉上消失了。

「我比較喜歡人家稱呼我爲墨斗。畢竟我可是個精心雕琢而成，巧奪天工的道具。所以不准用那個字眼叫我！我不喜歡！」

眼神越來越凶惡的墨斗所說的這句話，讓仁吉覺得有趣而彎起了嘴角。

「哎呀，半妖墨斗怪，不喜歡人家這樣稱呼啊？」

「我才不是什麼『半妖』！我馬上就會變成付喪神了！把藥交出來！」

他邊說邊將短劍般的小刀從懷裡拿出來。看到這副情況的佐助，臉上浮現狹促的笑容。

「你啊，眞的只是個區區的『半妖墨斗怪』而已。你拿那玩意兒，想對我們做啥？」

佐助邊說著，身體邊以迅雷不及掩耳的速度朝墨斗的方向撲了過去。半妖墨斗怪拚命想跳開，卻沒辦法完全閃躲。佐助看似只在空中揮了一下手而已，墨斗的衣服袖子，卻被利爪給撕裂成好幾條碎片。

「你別光逃啊。你這個沒用的傢伙，不知給少當家添了多少麻煩呢。」

墨斗邊承受熱風吹襲，邊苦著一張臉，在只剩黑色骨幹的斷壁殘垣之間，拚命閃躲家丁的攻擊。他似乎也知道眼前出現的，是和他至今殺害或附身的普通人類完全不同次元的對手。

一太郎對於在這悲慘的火災現場還有餘裕因他的遭遇而越說越火的家丁，眞心感到佩服。到這個地步，決心更加堅定。

話說回來，半妖墨斗怪的力量眞的很弱。這下子應該會比想像中更容易收拾掉他吧。

「佐助，能不能控制一下力道，別把他殺掉呢？我可不想殺死與吉啊。」

少當家出聲要求。他覺得也許還有其他解決之道。

佐助在燒燬的房柱之間追殺拚命逃竄的半妖墨斗怪。伴著嗆人的黑煙，有幾處地方冒出了尚未燒盡的火苗。這是一面倒的追逐。若能直接殺了對方，說不定早就已經把半妖墨斗怪收拾掉了。少當家就這樣悠哉地遠眺在燒燬遺骸裡奔跑的兩人，心中卻莫名湧起一絲不安。因爲半妖墨斗怪明明已經被逼進了死胡同，卻可以看見他的嘴角仍帶著一抹笑意。

他究竟有何算計？雖然看他完全沒對佐助出手……

爲了圍堵東閃西躲、不知該逃往何處的墨斗，仁吉離開一太郎身旁，繞到前頭擋住去路。在焦炭瓦礫塊中的三人，停下了腳步。

「喂，快從與吉身上出來吧。你已經逃不掉了。」

少當家站在路邊對他這麼說。半妖墨斗怪朝聲音的方向轉頭看去，臉上的笑意更顯清楚。

「少當家唷，你以爲這樣就贏得了我是吧？不過，我頗喜歡火災呢。正合我的胃口。幾乎讓我想再多製造幾次火災。不，非要再製造一場大火不可！」

「啥？你在說什麼？」

佐助一臉訝異。既非裝腔作勢，也非哀求討饒，而是如此不可思議的一段話。

被不安包圍的少當家，全身顫抖不已。這時耳邊響起了半妖墨斗怪的叫聲：

「群鼬！將他們燃燒殆盡吧！我會再幫你們引起火災，作爲回禮！」

話一說完，慘劇立刻發生。

一口氣就冒出將近十道火焰，聚集成兩道巨大的火柱，在家丁們站立處一帶形成瘋狂舞動的火焰堆，熊熊燒騰得像要衝進半空似的。兩名家丁在烈焰中變得像火把一樣，接著便再也看不見他們身影。彷彿要和火勢互別苗頭般的狂笑聲，響徹整片火場。

「哈哈哈哈！感覺眞是太棒了！此乃身爲眞正妖怪的我所發揮的威力。是你們活該！」

「仁吉！佐助！」

一太郎發出哀號般的叫聲，欲拔腿衝去他們身邊，半妖墨斗怪擋住了他的去路。利害關係瞬間逆轉了過來。

「哪，少當家，快把藥交出來。你帶在身上吧？有那個味道，我可是聞得很清楚。」

半妖墨斗怪越靠越近。腳底下的黑炭被踩得碎裂，發出輕脆的聲音。

「光會說藥啊藥的，你連自己在找的藥叫什麼名字都不知道嗎？這香味就叫返魂香。是用生長在神庭裡的樹做的焚香。不是用來吃的，而是點火之後去嗅聞燒出來的燻香。」

「原來是焚香啊」

墨斗的臉色因興奮而泛紅，直嚷著要少當家交出來，右手也伸了出去。少當家把手伸進懷中……接著將取出來的護符用力向上一揮，朝兩道火柱扔了過去。

「你在做什麼！」

墨斗氣得抓起一太郎的衣服，將他推倒。但護符已經離開他手上，在空中飄揚飛舞。若是一般情況，輕薄的紙張飛不了多遠。但是現在卻有熊熊燃燒的大火。火勢讓周圍形成一道旋風，朝上方刮捲而去。其中幾張紙片便乘著這股氣流，被吸進兩道火柱當中。

「呀啊！」

就在這時，響起短促的哀叫聲，火柱分裂成好多道小小的火焰，隨風消逝無蹤。半妖墨斗怪的表情變得如同厲鬼，硬是將一太郎的臉壓在焦黑的地面上。

「還以爲你終於肯乖乖聽話了呢，沒想到竟敢小看我！沒用的，他們都已經被燒成灰了！」

他打著這次一定會到手的如意算盤，將手伸進少當家懷裡。但卻立刻「哇啊」大叫一聲，往後滾倒在焦土上。他按住伸進去的那隻手，看來是沒有拿到返魂香。

「你又在裡頭放了什麼東西？」

被他這麼一問，少當家自己伸手朝衣服內一探，這才想起來。原來他把僧侶那兒求來的護身刀一起帶來了。

「這二十五兩還眞有用哩。」

一太郎站起身，雖然肩頭仍上下起伏地喘著氣，臉上卻浮出微笑。看來是意外買到超值的好東西。但是，就算手上有把能斬妖除魔的刀，要手無縛雞之力的少當家和半妖墨斗怪以刀一決高下，絕對不會有勝算。一太郎自己也明白這一點，因此他開始在迷漫的煙霧中一邊不斷嗆咳，一邊試著說服眼前的半妖墨斗怪。

「噯，連火都敢放，連這麼多人都敢殺，爲什麼你就這麼想要返魂香呢？化身爲付喪神有這麼重要嗎？」

「你這人類懂什麼！我已經幾乎是個付喪神了！」

墨斗翻著白眼，瞪視一太郎。

被製造出來已近百年，他感受到妖力正不斷凝聚。墨斗開始擁有意志，也能夠和其他妖怪談話了。那種感覺就如同邊開懷大笑邊飄浮在半空中似地舒暢。

但這應該要開始變化成付喪神的時刻，卻因賣菜小販無聊的報復而毀於一旦。原本就要到手的力量散逸了。他知道能說話也能思考的自己存在的事實正隨著時光一點一滴消失。再這樣下去，連要變回單純的木工工具都辦不到，面臨將被丟棄的命運。

無論如何都要變成付喪神。在墨斗的身體裡，僅留下這樣的執著。

「而且我也想問你爲什麼要殺人呢？你不是長年受到木匠的珍視嗎？所以才能保存近百年之久。」

「結果就是我今天這副德性。感覺就好像拿甜美的糖果吊胃口，之後卻黃牛了一般。讓人覺得更不是滋味。」

「因爲自己的慾望而殺死他人，你都不覺得後悔嗎？從過去到現在，你不是也和人類一起度過漫長的年月了嗎？」

爲什麼要跟妖怪說這些話，連一太郎自個兒都無法解釋。妖怪的感覺和人類有所差異，這點他有相當深切的體認。人類的想法、人類的標準，說不定妖怪根本無法理解。

但就算如此，他還是沒辦法停止述說。

大概是因爲……爲了讓自己能接受這個事實，才要說的吧。

在自我之中，也有個明顯的慾望。今天會來到這裡，都是因爲想要留在人世、留在長崎屋的這個慾望。

但是，他認爲不只是如此而已。因爲一太郎之故，有人被殺害了。火災造成許多人無家可歸，必定也造成某些人死亡。他實在無法選擇獨自逃避這樣的現實。

要是逃避，一定會認爲自己不單是身體，連心靈都如此軟弱無用。母親爲了能生下自己，到神社中做了百次參拜。祖母以自己作爲交換條件，將一太郎送回這個世上。如此難以養育的孩子，全靠祖父、父親、家丁們，還有朋友的扶持，才能在來到人世後，繼續存活到現在。

有了這麼多人支持，卻因爲自己身上的香味，釀成波及群眾的重大事故。當然不能感嘆自己運勢不佳，而想逃避現實。

他可不想自怨自艾、耽溺在被害的情緒裡。他咬住下唇。

「我想變強。我想得到就算遇到艱辛難受的事，也能堅強承受的力量……」

「我比你們人類強得多了。但是我不想就這樣消失，我也不會消失！快，把香交出來！」

越聽少當家說話，情緒就越是激動的半妖墨斗怪，像是要衝進懷裡似地撲上前抓住少當家，激烈地不斷搖晃他的身軀。就在這時，少當家的錢包滾出懷中，掉到一旁。看見錢包落地的半妖墨斗怪，在一太郎伸手去撿之前，便將錢包搶了過來。

「有香味！返魂香就在裡面吧？」

他動作俐落地將錢包整個倒出來，被淡粉紅色的薄紙片包住、香氣濃郁的藥包，便落入半妖墨斗怪手裡。

「就是這個！返魂香……只要聞了這個香味，就能取回魂魄……這下我就能夠變成完整的付喪神了。」

墨斗甩開一太郎，飛奔至尚在悶燒的餘火處，臉上浮現讓人以爲嘴巴就要往兩側裂開來的笑容。他慢慢將香移往火堆，香味變得更加濃烈。半妖墨斗怪拚命吸入焚起的煙氣，連絲毫都不肯放過。

「啊啊，眞舒服。這下子，這下子，我就可以……」

少當家緩緩站起身。跑沒幾步便又跌倒在地，身體忍受度似乎已經到了極限，呼吸開始變得困難。可能是因爲撞傷了胸口，他表情扭曲地將手伸進懷中。

這時，半妖墨斗怪劇烈嗆咳了起來。

「怎麼搞的，這是……怎麼好像反而漸漸脫了力氣。不該是這樣啊……」

「那玩意兒要眞是返魂香就好了。可惜返魂香已經不存在這個世上了。」

「騙人！這是眞貨！這香味我很清楚！一定不會錯的！」

墨斗已經無法撐起身子而單膝跪地，卻還是要否定少當家的話。看來他是無論如何也不願接受這是僞藥的事實。

「只有包在外面那層紙是眞貨。裡面的香是我擅自製作的，動了些手腳，所以剛才是刻意讓你拿到手的。」

少當家瞥了被半妖墨斗怪附身的與吉一眼。他看著對方漸漸無法支撐身體，兩腳都已跪在地上，雙手緊抓住燃燒後殘留下來的柱子。

「在焚香裡面，我加進可以封印妖魔的護符。看來眞的很有效。」

接著一太郎甚至又從懷中拿出一枚護符，與吉的身軀開始劇烈顫抖。少當家一口氣抽出護身刀，說：

「半妖墨斗怪，快點從與吉的身體裡出來。我現在就在這裡讓你煙消雲散。」

聽到他這麼說，半妖墨斗怪的身體顫抖得更是激烈。

「雖然很同情你，但不能再讓你繼續害人了。當然更不能讓你再引起祝融之禍。」

兩人目光相對。就在這一刻，少當家迅速靠近與吉，將護符貼在他額頭上。與吉大大朝後一仰，嘴裡冉冉冒出漆黑的暗影。當暗影約莫有一尺長時，少當家使出渾身力氣，將護身刀使勁朝下一揮。

明明看起來跟輕薄的煙霧沒什麼兩樣，不可思議的是，卻有種確實砍到東西的手感。刀刃掠過與吉的臉，在他膝頭正上方停住。黑影在遭到劈砍的同時便散逸開來，就這麼和餘火燒出的灰煙混成一氣，分不清原來的黑影是哪裡了。沒有流血，更不見遺體。黑影連消滅之前的遺言，都無法說出。

但是，彷彿聽見幾不成聲的嘶叫，隨著風勢飛舞，響徹整片火場。叫聲像是不肯消逝似的，使人不由得想掩起耳朵。

被自身的慾望支配、變得只看得見自身之輩的臨終。連阻止自身的力量或看清其他事物的堅強都沒有。

「一定，要變得更強……」

這是對自己說的叮嚀。

三、

就這麼站了好一會兒。不管是雙腳還是雙手，都像塞入鉛塊般，一步也動不了。他知道自己的呼吸紊亂，而且有股作嘔的感覺。但是，不能一直這樣呆站下去。一太郎使盡力氣轉過身，在滿布剛燒出的焦炭、走起路來十分危險的火災殘垣當中，朝方才出現火柱的地方走去。

他堅信佐助他們都平安無事。只是相信而已，並無特別的理由。只不過打小時候開始，他們兩人只要一靠近他身旁，他就一定會感覺得到。現在也有他們就在身邊的感覺，一太郎認爲這就是他們還活著的證據。

竄起火柱之處，有個地方堆疊了大量焦黑木材，像個饅頭似的高高隆起。一太郎不死心，一根、兩根地將木材挖開來一看，佐助便從底下出現了。雖然全身燒得焦黑，但看起來似乎只有衣服燒燬，面孔完全沒事，其他地方也似乎都沒燒傷。暫時先放下了心，將第二處炭山挖開來後，仁吉也出現了，也是毫髮無傷，兩人的確並非平庸的妖怪。

看到兩人都平安無事，一太郎打心底感到鬆了口氣。

三個人開始從殘垣中步行踏上歸途。木桶店的與吉看起來只是昏過去而已，所以就這麼放他單獨躺在原地。過一陣子當他醒來後，發現自己竟一個人躺在火災現場，說不定會嚇得跳到半天高。

事情就這麼順利落幕，一太郎嘴邊浮現了笑容。但反觀兩名家丁，似乎都受到相當大的打擊。因爲等於是尊嚴掃地。

輕忽大意地中了半妖墨斗怪的計，偏偏又靠少當家才得以脫困，兩人的心情想必十分複雜。明明這兩人都是爲了保護一太郎才來，立場卻完全顚倒。更讓人覺得不堪的是身上衣物幾乎全數燒焦，除了滿身黑灰外，兩人近乎全裸。

「這樣看起來好像河童喔。」

一太郎在回程中不愼脫口說出的戲語，讓家丁更是萬般沮喪，兩人都不發一語。

不知能否說是老天眷顧，恰巧有某人的行李在逃生時遺留在路邊，所以兩人才得以先借用裡頭的衣物來穿。雖然衣服尺寸根本和身材高大的家丁們不合，但總算是可以脫離河童之姿了。渡過昌平橋之前，他們向沒被火勢波及、之前就認識的轎子行借了水井，也順便雇了轎子。

這麼一來說不定能在引起騷動前，便悄悄回到長崎屋。

火災撲滅了，半妖墨斗怪消滅了，返魂香所殘留下來、猶如夢幻般的香氣也消失了。

一想到總算能夠回到平素的日常生活，少當家在搖來晃去的轎子裡，接連打了好幾個大呵欠。今天太早起床了。

時間已差不多要接近中午九時。

四、

「少當家，您這麼早就醒了。」

和平常一樣，在別館裡甫一睡醒，佐助便立刻出現。從火災發生至今已過了五天，生活也回到平常的步調。

這次騷動，讓少當家回到店裡後，只在床上躺了兩天。除了跌倒撞傷和咳個不停之外，倒沒什麼大礙。從前天開始，便已經恢復和平常一樣的普通飲食。

見越入道從那次之後便再也不曾出現。看來是同意讓少當家繼續留在這間店裡。和那位乍看之下和藹可親的大妖怪見面雖然有些可怕，一太郎卻不否認自己也希望哪天能從他口中多聽到一些祖母的事情。

請家丁將遮雨窗打開來後，便可從天色看出原來現在時刻還早。但和之前不同，佐助顯得十分冷靜，所以外頭看來並沒發生火災。

「咦？爲什麼會醒過來呢？」仁吉將熱茶茶杯盛放在小托盤上，放在歪著腦袋疑惑著的一太郎身邊。雖然他的理由是因爲火盆上的熱水還沒煮開，才從別處將熱茶端來，但這情況還是十分稀奇。少當家直視著仁吉的眼睛瞧，卻看到家丁們在互使眼色。店面那兒似乎發生什麼事，所以他們才會如此忐忑不安。

「其實事情是這樣的，少當家，今天早上，松之助到船運商行長崎屋登門造訪……」

「……他還活著？」

對此感到驚訝的一太郎，瞪大雙眼。半妖墨斗怪當時確實說過已經將他殺害。看來似乎是個謊言。

「根據松之助的說法，火災是在他離開木桶店後的事。墨斗八成一開始是打算附身在松之助身上，才會到東屋去吧。」

「但是，當時松之助已經收工所以不在。因此只好附身在與吉身上了。」

家丁們一言一語地說著話。也就是說幸運的松之助和半妖墨斗怪擦身而過，因此倖免於難。拜早一步離開木桶店所賜，也從火災中逃過一劫。

之後松之助暫且先到人力仲介商那兒找工作，似乎打定主意要獨自面對困境。但是，不少店家都毀於這場火災，許多人同時失業，導致他老是找不著容身之處。

總之先和從火災中逃出來的人一起棲身於寺院裡，但也到了必須離開的時候了，但手上又沒有盤纏。萬般苦惱卻仍束手無策，所以松之助只好去拜訪聽說是自己生父的人。

一太郎依靠在不倒翁圖案的火盆旁，同時發問：

「那，我爹他怎麼說？」

「目前大當家和老闆娘的心情都十分不悅。」

「……還是不行啊？」

「少當家，這段期間，還是別亂來吧。」

火災那天，和實際上在火災現場發生的事相比，之後的事情還算比較容易解決。不過，做母親的不但為此憂心，跑到火災現場去看熱鬧（他們以此為藉口）的行為更惹火了父親藤兵衛。更糟糕的是，身為家丁的兩人不但沒有阻止他出門，反而還跟著一塊兒去；甚至回到店裡的時候，兩名家丁身上的衣服，竟都變成寒酸的劣等貨。究竟是去做了什麼好事，三人都結結實實地挨了好大一頓排頭。特別是身為僕役的家丁們，被修理得更是慘痛。

「所以現在我們實不宜出面對松之助的事表示任何意見。」

被佐助拒絕在先，少當家擺出不滿鬧彆扭的表情。

「可是……哥哥他很煩惱吧？」

「這麼說來，因為榮吉被襲擊，所以信箋和銀錢的確都沒送到他手上。」

少當家對仁吉這句話點了點頭。佐助則嘟囔著說：

「結果那樣子反倒幫了大忙。現在大當家正怒氣衝天，若是從松之助口中說出跟少當家有信件來往之事，搞不好大當家會氣得把別館給改造成牢房。」

「別開玩笑了。就是因爲有可能成眞，聽起來才恐怖呢。」

一太郎嘆了口氣。

這回的騷動之所以會和一太郎扯上關係，全是因爲他跑去偷看松之助後，在回程的夜路上與半妖墨斗怪擦身而過才會引起。老闆娘阿妙深信一太郎就是因爲和松之助扯上關係，才會遭逢危難。

要讓娘接受哥哥，似乎十分困難。

總之，人心是百樣百種，要讓每個人都滿意可不是件容易的事。但他還是希望能幫松之助一臂之力。苦思須臾後，仁吉提出了一個方案。從火災現場那樁事件以來，家丁們對待一太郎的方式有了些微改變。

眞要說起來，就是有種把他視爲成人看待的感覺。

「少當家，不管怎麼說，這件事的關鍵還是老闆娘。要是過不了這一關，大當家也不會點頭。」

「這倒是沒錯。但鐵定會相當棘手吧。」

「那就看您的口才好不好嘍。」

透過紙窗的柔和晨光中，仁吉以他那張俊秀的臉龐，略略有些壞心眼地笑著。接著又說：

「因爲老闆娘無論如何都很重視少當家，所以只要把善待松之助一事，和少當家的幸福牽扯在一起，事情就好辦了。這麼一來，說不定老闆娘也會同意讓您和松之助公開見面。」

「哎呀？少當家還沒跟松之助見過面嗎？」

少當家對佐助的疑問搖了搖頭。

「我只有遠遠看過他而已。嗯，我試著跟我娘談談看吧。」

少當家頻頻扭了扭脖子。就算墨斗沒有帶來巨大的災禍，長崎屋還是有一大堆事非處理不可。像今天哥哥就突然來到店裡，這陣子也因爲老是在摸魚打混，累積了好多工作待辦。他還預定要去寺院捐獻，好讓寺院能夠用這些物資賑濟因此次火災而無家可歸的民眾。

到接近中午時分，日限師傅說不定又會跑來店裡，告訴少當家又發生了什麼案件。榮吉似乎也已經康復，今天應該會來找一太郎吧。

「還眞是好忙啊。沒時間睡大頭覺了。」

家丁們互看一眼，兩人都笑了。喝完熱茶後，一太郎便比平常更早出發，到母親身邊去用早膳了。

【附錄】

江戶時代小知識

◆通用的長度單位

一間：等於六尺，約一・八一八公尺。
一町：等於六十間，約一百一十公尺。
一里：等於三十六町，約四公里。

◆計時方式

一天分十二時。

午前

九時　今凌晨十二時至二時
八時　二時至四時
七時　四時至六時
六時　六時至八時
五時　八時至十時
四時　十時至十二時

午後

九時　中午十二時至下午二時
八時　二時至四時
七時　四時至六時
六時　六時至八時
五時　八時至十時
四時　十時至午夜十二時

繆思出版 奇幻館

書號	書名	作者	出版日	定價	備註
地海傳說					
MFA001	地海巫師	娥蘇拉・勒瑰恩	已出版	250元	特價99元
MFA002	地海古墓			250元	
MFA003	地海彼岸			250元	
MFA010	地海孤雛			250元	
MFA011	地海故事集			250元	
MFA012	地海奇風			250元	
黑暗元素三部曲					
MFA004	黃金羅盤（上）	菲力普・普曼	已出版	180元	
MFA005	黃金羅盤（下）			220元	
MFA006	奧祕匕首（上）			180元	
MFA007	奧祕匕首（下）			180元	
MFA008	琥珀望遠鏡（上）			240元	
MFA009	琥珀望遠鏡（下）			240元	
MFA013	發條鐘	菲力普・普曼	已出版	160元	
MFA025	卡斯坦伯爵		已出版	200元	
MFA026	我是老鼠！		已出版	260元	
御謎士三部曲					
MFA014	赫德御謎士	派翠西亞・麥奇莉普	已出版	250元	
MFA016	海與火的傳人			230元	
MFA018	風中豎琴手			270元	
MFA020	女巫與幻獸	派翠西亞・麥奇莉普	已出版	250元	
MFA029	魔幻之海		93年6月	200元	
MFA030	幽城迷影		93年6月	320元	
MFA047	翼蜥之歌		94年4月	320元	
陰陽師系列					
MFA022	陰陽師	夢枕獏	已出版	290元	特價199元
MFA023	陰陽師—飛天卷		已出版	220元	
MFA024	陰陽師—付喪神卷		已出版	250元	
MFA027	陰陽師—鳳凰卷		已出版	200元	
MFA031	陰陽師—龍笛卷		93年6月	180元	
MFA036	陰陽師—晴明取瘤		94年2月	250元	全彩印刷
MFA046	陰陽師—太極卷		94年5月	200元	
MFA048	陰陽師—首塚		94年8月	220元	全彩印刷
MFA049	陰陽師—生成姬		95年2月	250元	
MFA809	2005陰陽師千年特集	陰陽師工作小組編著	94年8月	89元	全彩印刷

繆思出版 奇幻館

書號	書名	作者	出版日	定價	備註
邊境大冒險系列（陸續出版）					
MFA015	深邃林之外	保羅・史都沃 克利斯・瑞德	已出版	240元	
MFA017	獵風海盜團		已出版	280元	
MFA019	聖塔砝城之夜		已出版	280元	
MFA021	蟲髏魔的詛咒		已出版	280元	
MFA042	最後的飛天海盜		94年9月	280元	
	傀儡學者		陸續出版		
亞瑟王傳奇—永恆之王					
MFA032	石中劍	T. H.懷特	93年7月	350元	特價199元
MFA034	空暗女王		93年8月	220元	
	殘缺騎士		陸續出版		
	風中燭		陸續出版		
MFA028	天大好事	羅德列克・湯立	93年3月	200元	
MFA037	黑暗的左手	娥蘇拉・勒瑰恩	93年11月	380元	
MFA038	一無所有		93年3月	380元	
MFA035	無有鄉	尼爾・蓋曼	93年11月	380元	
MFA040	星塵		94年6月	260元	
MFA033	海妖悲歌	唐娜・喬・娜波莉	93年8月	200元	
MFA039	女身男人	卓安納・拉思	94年8月	280元	
MFA041	殺手之淚	安・蘿爾・邦杜	95年6月	200元	
MFA043	通往女人國度之門	雪莉・泰珀	陸續出版		

繆思出版 BeTween

書號	書名	作者	出版日	定價	備註
MFB001	呼吸	唐娜・喬・娜波莉	94年1月	200元	
時空四部曲					
MFB002	時間的皺紋	麥德琳・蘭歌	94年4月	220元	
MFB003	微核之戰		94年7月	220元	
MFB006	傾斜的星球		95年1月	260元	
MFB007	水中荒漠		95年4月	260元	
MFB004	小公主與船長	安・蘿爾・邦杜	94年7月	380元	
MFB005	祖靈之子	南西・法墨	94年12月	250元	
MFB008	微光	琴娜・杜普洛	95年4月	250元	
MFB009	星火		95年6月	280元	

繆思出版 繪本館

書號	書名	作者	出版日	定價	備註
MFI001	小小戀人	海貝卡．朵特梅	93年4月	200元	
MFI002	我是野狼！	莎夏．波麗亞可娃／圖 菲利浦．勒榭米耶／文	93年4月	200元	
MFI003	孤獨巨人	海貝卡．朵特梅／圖 吉思嵐．碧雍蒂／文	93年5月	200元	
MFI004	芭芭亞嘎	海貝卡．朵特梅／圖 泰伊－馬克．勒當／文	93年5月	200元	
MFI005	壞脾氣小姐	拉法耶拉．瑪察格／文	93年8月	200元	
MFI006	小熊星期天	阿克賽爾．哈克／文 米夏埃爾．佐瓦／圖	93年8月	200元	
MFI009	那天，我用爸爸換了兩條金魚	尼爾．蓋曼／文 大衛．麥金／圖	93年10月	220元	
MFI012	牆壁裡的狼		93年11月	220元	
MFI010	失物招領	陳志勇	93年10月	220元	
MFI011	封面灰狼	尚－瑪喜．侯必亞	93年11月	200元	
MFI015	兔子	約翰．馬斯坦／文 陳志勇／圖	94年1月	200元	
MFI018	番茄小姐	田中清代	94年3月	200元	
MFI019	天涯一匹狼	佐佐木 MAKI	94年4月	200元	
MFI022	怕鬼的小孩	田中清代	94年7月	220元	
MFI025	觀像鏡	陳志勇／葛雷．克勞	94年10月	200元	
MFI027	被遺忘的公主	菲利普．勒榭米耶／文 海貝卡．朵特梅／圖	95年2月	500元	
麗莎與卡斯柏系列（The Misadventures of Gaspard and Lisa）					
MFI007	不打不相識	安．居特曼／文 喬治．哈朗斯勒本／圖	93年9月	200元	
MFI008	麗莎搭火車		93年9月	200元	
MFI013	耶誕禮物		93年12月	200元	
MFI014	卡斯柏想養小狗		93年12月	200元	
MFI016	麗莎去紐約		94年2月	200元	
MFI017	麗莎搭飛機		94年2月	200元	
MFI020	麗莎的家		94年5月	200元	
MFI021	下雨天		94年5月	200元	
MFI023	卡斯柏住院了		94年9月	200元	
MFI024	麗莎做噩夢		94年9月	200元	
MFI026	麗莎與卡斯柏逛百貨公司		94年12月	250元	
MFI028	卡斯柏去海邊		95年4月	200元	
MFI029	給媽媽的禮物		95年4月	200元	

感謝您購買　**娑婆氣**

爲了提供您更多的讀書樂趣，請費心塡妥下列資料，直接郵遞（免貼郵票），即可成爲繆思奇幻館的會員，享有定期書訊與優惠禮遇。

姓名：＿＿＿＿＿＿＿＿ 身分證字號：＿＿＿＿＿＿＿＿

性別：□女　□男　民國＿＿＿＿＿年生

職業：□學生　□服務業　□大眾傳播　□資訊業　□金融業　□自由業

□教職員　□公務員　□軍警　□製造業　□其他

連絡地址：□□□＿＿＿＿＿＿＿＿＿＿＿＿＿＿＿＿

連絡電話：公（　　）＿＿＿＿＿＿＿　宅（　　）＿＿＿＿＿＿＿

E-MAIL：＿＿＿＿＿＿＿＿＿＿＿＿＿＿＿＿

■您從何處得知本書訊息？（可複選）

□書店　□書評　□報紙　□廣播　□電視　□雜誌　□共和國書訊

□直接郵件　□全球資訊網　□親友介紹　□其他

■您通常以何種方式購書？（可複選）

□逛書店　□郵撥　□網路　□信用卡傳眞　□其他

■您對本書的評價（請塡代號：1.非常滿意 2.滿意 3.尚可 4.待改進）

書名＿＿＿＿＿ 封面設計＿＿＿＿＿ 版面編排＿＿＿＿＿

印刷＿＿＿＿＿ 內容＿＿＿＿＿ 整體評價＿＿＿＿＿

■請推薦親友，分享好書出版訊息：

姓名＿＿＿＿＿ 地址＿＿＿＿＿＿＿＿＿＿＿＿＿＿＿＿

姓名＿＿＿＿＿ 地址＿＿＿＿＿＿＿＿＿＿＿＿＿＿＿＿

■您對本書的建議：

請沿虛線剪下

繆思出版

客服電話：0800-221029　傳真：02-86671065

電子信箱：MUSES@SINOBOOKS.COM.TW

請沿虛線對折寄回

廣　告　回　函
板橋郵局登記證
板橋廣字第10號

信　函

23141
臺北縣新店市中正路506號4樓

繆思出版有限公司　收

請沿虛線剪下

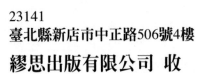

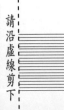